KJB

Foto: privat

Olivia Tuffin lebt auf einer Farm in Dorset, England. Sie reitet am allerliebsten mit einem ihrer drei Palominos aus. Genau wie Georgia hat sie früher ausgemistet und im Stall geholfen, um sich ihre Reitstunden zu verdienen. Dass sie heute eigene Pferde hat und genau die Geschichten schreiben kann, die sie selbst schon immer gern lesen wollte, macht sie zum glücklichsten Menschen der Welt.

Bei FISCHER KJB sind von ihr außerdem erschienen:
›Redgrove Farm: Auf vier Hufen ins Glück‹
›Redgrove Farm: Das neue Fohlen‹
›Redgrove Farm: Die große Chance‹
›Redgrove Farm: Der Traum vom Sieg‹
Weitere Bände sind in Vorbereitung.

Weitere Informationen zum Kinder- und Jugendbuchprogramm der S. Fischer Verlage finden sich auf *www.blubberfisch.de* und *www.fischerverlage.de*

Olivia Tuffin

Redgrove Farm

Turnier der Entscheidung

Aus dem Englischen
von Angelika Eisold Viebig

KJB

Erschienen bei FISCHER KJB

Die englische Originalausgabe erschien 2015
unter dem Titel ›The Palomino Pony on Parade‹
bei Nosy Crow Ltd., London, England

Umschlaggestaltung: Birgit Gitschier, Augsburg
Umschlagfoto: Shutterstock
Satz: Fotosatz Amann, Memmingen
Druck und Bindung: CPI books GmbH, Leck
Printed in Germany
ISBN 978-3-7373-4082-3

Einen besonderen Dank an Michelle Misra

Für Lara, wie immer.

O.T.

Prolog

Das Mädchen beugte sich auf seinem Sitz nach vorn, wie gefangen von den Reitern in der unter ihr liegenden Arena. Gebannt verfolgte sie von einem der teuersten Plätze aus das Turnier um den Titel *Pferd des Jahres*. Dabei gab es nur ein Pony, von dem sie die Augen nicht abwenden konnte – die wunderschöne Palomino-Stute –, geritten von einem Mädchen, das ungefähr in ihrem Alter zu sein schien. Dieses Pony war einfach toll. Die Zuschauerin öffnete ihr Programmheft und kreiste sorgfältig den Namen des Palominos ein: *Carlamu Lily*.

Das Mädchen verfolgte das Turnier weiter, und sie bekam noch einmal große Augen, als ein gutaussehender Helfer in der Arena auftauchte und dem Palomino und seiner Reiterin assistierte. Mit seiner lustigen Schirmmütze und der Tweedweste fiel er auf und sah ganz anders aus als alle Jungen, die sie kannte.

»Perfekt«, flüsterte sie. Sie drehte sich zu ihrer Assistentin und sagte ihr etwas leise ins Ohr. Die junge Frau nickte und tippte weiter auf ihrem Smartphone herum.

Das Mädchen lehnte sich zurück und lächelte zufrieden. Sie hatte gesehen, was sie sehen wollte, und sie bekam immer, was sie wollte …

Kapitel eins

»Ruhig, Lily … ganz ruhig, mein Mädchen …«, sprach Georgia mit ihrem Pony und tätschelte den Hals des Palominos, bevor sie den Führstrick löste und das Palomino hinaus auf die Weide ließ. Lily schnaubte, ihr Atem hing in der Luft wie silberner Rauch. Sie scharrte auf dem Boden und schickte weiße Fontänen von Pulverschnee in die Luft, bevor sie lostrabte. Ihre Gefährten – Wilson, Callie und Santa – folgten ihr. Es war nicht zu übersehen, wie sehr sich alle freuten, wieder draußen im Freien zu sein.

Das ganze Land befand sich im eisigen Griff einer Kälteperiode, insofern hatten die Ponys der Redgrove Farm Glück, überhaupt hinauszudürfen. Georgia hatte schon von Tieren gehört, die bereits seit dem ersten Schneefall vor ein paar Wochen unentwegt in ihren Ställen hatten bleiben müssen. Georgia jedoch hatte Melanie und Simon, den Besitzern der Farm, geholfen, einen Weg freizuschaufeln und zu streuen, damit die Ponys sicher zur Koppel gebracht werden konnten.

Mit hocherhobenen Köpfen, die Schweife wie Fahnen hinter sich wehend, waren die Ponys offensichtlich selig darüber, so im Schnee spielen zu können. Vor dem Turnier *Pferd des Jahres* war Lily geschoren worden, und ihr goldenes Fell war immer noch etwas blasser als sonst. Alle Ponys waren mit mindestens zwei Decken ausgestattet, abgesehen von Callie, dem Exmoor-Pony, dessen dichtes Fell ihm jeden Schutz verlieh, den es benötigte.

»Für unsere Callie war dieser Winter bislang ja fast tropisch«, meinte Melanie, die neben Georgia lief. »Jedenfalls verglichen mit dem Leben im Moor, wo sie herkommt!«

»Genau«, stimmte Georgia mit einem Grinsen zu.

Die beiden lehnten sich in freundschaftlichem Schweigen auf das Gatter und schauten den Ponys beim Herumtollen im Pulverschnee zu. Es machte Spaß zu sehen, wie sie ihre Beine streckten und ihre überschüssige Energie loswurden, nachdem sie so lange im Stall eingepfercht gewesen waren.

Selbst der normalerweise so ruhige Wilson war im Stall schon ein wenig ruhelos geworden, da er an seinen täglichen Aufenthalt draußen auf der Koppel gewöhnt war. Georgia rieb sich die Hände und hauchte auf ihre vor Kälte bereits tauben Finger, um sie zu wärmen. Es war erst Anfang Dezember, doch in den Nachrichten wurde verkündet, es könnte der kälteste Winter seit Anbeginn der Wetteraufzeichnungen werden, und es wurde mit noch viel mehr Schnee als bisher gerechnet.

Georgia vermisste das Reiten. Nachdem Lily den zweiten Platz im Turnier *Pferd des Jahres* belegt hatte, durfte das Palomino sich einige Wochen ausruhen und erholen, doch Georgia musste dafür sorgen, dass sie in Form blieb. Schließlich würde Lily bald an der *Olympia London International Horse Show* teilnehmen, da sie eine späte Qualifikation für das Turnier erhalten hatte! Dieses Turnier, das in der Olympia Grand Hall in London stattfand, war eines der größten in ganz Großbritannien.

»Kommt Dan denn jetzt heute Nachmittag auch herüber?«, wollte Melanie wissen.

»Eigentlich wollten wir uns bei ihm zu Hause treffen«, antwortete Georgia und freute sich nun schon darauf, ihren Freund Daniel zu besuchen, der ganz in der Nähe wohnte. Hoffentlich war mit den Kühen und Schafen seiner Farm alles in Ordnung. Bei ihrem letzten Besuch vor ein paar Tagen waren sie jedenfalls alle im Stall gewesen und hatten friedlich an ihrem Heu gekaut. Georgia lächelte bei sich, wie immer, wenn sie an Daniel dachte. Sie beide hatten so viel zusammen durchgestanden, und im September, als Georgia ihre Nervosität vor dem Turnier nicht hatte zugeben wollen, hatte es zwischen ihnen ein wenig gekriselt. Dennoch hatte Daniel stets zu ihr gehalten, weil er eben einfach ein loyaler und treuer Freund war. Obwohl Becky Hanbury, das hübscheste, aber nervtötendste Mädchen in ihrer Klasse, ihre Flirtversuche immer offensiver gestaltete, verbrachte er dennoch die meiste Zeit mit Georgia. Ihre beste Freundin Emma fragte dauernd, ob Dan denn nun ihr fester Freund sei, worauf Georgia normalerweise mit Schulterzucken und Erröten reagierte.

»Ich wette, du wünschst dir, wir hätten auch eine Reithalle, was, Georgia?«, meinte Melanie lächelnd und unterbrach Georgias Gedanken, während sie ihren Schal bis zur Nase hochzog.

»Ach, so wichtig ist mir das gar nicht«, antwortete Georgia wahrheitsgemäß. Natürlich wäre es toll, im Warmen und Trockenen reiten und üben zu können, aber sie genoss das Reiten dennoch, wo und wann immer sie konnte. Sie war nicht einmal aufgeregt wegen des bevorstehenden Turniers, eher voller Vorfreude. Und auch wenn sie nicht reiten konnte, gab es auf dem Reiterhof schließlich jede Menge Aufgaben, die zu erledigen waren – vom Sortieren des riesigen Stapels an Pferdedecken in der Sattelkammer bis zum Striegeln der Ponys. Es machte Georgia nichts aus, sie liebte es einfach, auf Redgrove zu sein.

»Und, was habt ihr denn später noch vor, du und Daniel?«, fragte Melanie, die sichtlich zufrieden war, dass die Ponys jetzt glücklich draußen waren.

»Ach, nichts Besonderes«, sagte Georgia, während sie vorsichtig über den freigeschaufelten Weg zurück zum Hof liefen. Georgia merkte, wie sie rot wurde, und war froh, dass ihr Schal halb ihr Gesicht verdeckte.

Melanie lächelte. »Verstehe«, sagte sie. »Er ist ein feiner Kerl.«

In diesem Augenblick kam ein anderer Junge auf den Hof. Er hatte eine knallblaue Skihose an und eine Pudelmütze auf dem Kopf. Es war Will Bowen, der Besitzer des berühmten Ponys Santa, das auf Redgrove Farm untergebracht war.

»Du siehst aus, als wolltest du zum Skifahren!«, meinte Georgia lachend.

»Nein, das steht erst für nächstes Wochenende in meinem Kalender!«, witzelte Will und grinste sie an.

Das hätte vielleicht eingebildet rüberkommen können, doch Georgia wusste, dass Will einfach nur Spaß machte. Für Will war das Leben nicht leicht gewesen, seit sein Bruder, der berühmte Springreiter Jasper Bowen, seinen Sponsor verloren hatte und er mit Will wieder hierher zurückgekommen war. Jasper unterrichtete jetzt im Round-Barrow-Ponyclub, und die beiden Brüder waren dabei, den alten Stall neben ihrem Wohnhaus so herzurichten, dass sie Santa dort dauerhaft unterbringen konnten. Im Augenblick fühlte sich die kleine Stute jedoch auf Redgrove sehr wohl. Sie und Lily waren beste Freundinnen.

»Reitest du heute gar nicht?«, fragte Will und deutete vergnügt auf die Ponys, die sich über die Heustöße hermachten, die Georgia und Melanie ihnen gebracht hatten.

Georgia schüttelte den Kopf. Sie vermisste es wirklich, jeden Tag mit Lily ausreiten zu können. Als hätte Will ihre Gedanken gelesen, zog er ein zerknittertes Stück Papier aus seiner Jackentasche und zeigte es Georgia. »Hier«, sagte er. »Kommst du mit Lily auch?«

»Was ist das denn?« Georgia las rasch die Einladung auf dem Papier und runzelte unsicher die Stirn. »Weihnachtliche Fuchsjagd«, las sie vor. »Ich weiß nicht ...« Sie blickte fragend zu Melanie.

»Oh, Georgia, mach doch mit!«, sagte Melanie, die das Papier genommen und inzwischen ebenfalls gelesen hatte. »Lily würde es bestimmt gefallen. Sophie könnte auf Wilson teilnehmen, damit der alte Knabe auch mal wieder etwas Spaß hat. An Weihnachten hat sie ja Uni-Ferien und ist hier bei uns.«

Georgia nickte langsam und freute sich bei dem Gedanken, Melanies Tochter Sophie wiederzusehen.

Will grinste, und es war nicht zu übersehen, dass ihm Melanies Begeisterung gefiel. »Jasper organisiert das für den Ponyclub«, sagte er stolz. »Also, was meinst du, Georgia?«

Georgia überlegte kurz. »Ich weiß nicht«, antwortete sie verlegen. »Ich weiß nicht, ob so eine Jagd wirklich mein Ding ist.« Sie mochte Tiere, und wenn sie sich vorstellte, Füchse durch die Gegend zu jagen, fühlte sie sich nicht besonders wohl.

Will lachte, doch es war nicht böse gemeint. »Keine Sorge, Georgia, wir jagen nicht. Na ja, jedenfalls nicht richtig, keine Tiere. Die Fuchsjagd ist nur gespielt. Jasper hat einen Weitstreckenläufer aus dem Ponyclub, der die Duftmarken setzen soll. Es wird einfach nur ein guter, schneller Querfeldeinritt. Den Ponys wird es gefallen.«

Bei der Vorstellung, wie Lily über die weiten Felder galoppierte und Hindernisse übersprang, und all ihre Freunde dabei waren, lächelte Georgia. Das klang natürlich toll! Außerdem war es bis Heiligabend noch lang hin. Das große Turnier in London läge hinter ihnen, und es wäre an der Zeit für etwas Spaß. »Klar«, sagte sie daraufhin. »Ich bin dabei.«

»Super!«, rief Will aus und hob die Hand für ein Highfive. Georgia konnte nicht anders, als bei seiner Begeisterung zu grinsen. Noch ein Ereignis, auf das sie sich während der Weihnachtsferien freuen durfte. Sie konnte es kaum erwarten.

Kapitel zwei

Georgia hatte an diesem Nachmittag gerade genug Zeit zu duschen und sich umzuziehen, bevor das Treffen mit Daniel anstand. Will und sie hatten noch alle vier Boxen ausgemistet, und es kam ihr so vor, als hätten sie Hunderte von Heuballen aus der Scheune herübergeschafft, damit es für die Abendfütterung ausreichte und darüber hinaus noch einige Ballen als Reserve blieben, falls es wieder schneien sollte. Als Georgia in ihre saubere Kleidung schlüpfte, ging ihr durch den Kopf, wie viel sich doch geändert hatte. Als Will anfänglich nach Redgrove gekommen war, hatte sie ihn überhaupt nicht gemocht, doch mittlerweile waren sie gute Freunde. Trotzdem war es mit ihm ganz anders als mit Daniel. Georgia schloss die Haustür und verspürte ein gewisses Kribbeln im Bauch, wie immer vor einem Treffen mit Daniel. Es war nicht richtig so, als gingen sie offiziell miteinander ... aber mit ihm war es einfach etwas Besonderes.

Georgia pfiff Pip, ihre Spanielhündin, zu sich. Ein ganzer Nachmittag, an dem sie weder auf Lily noch auf Wilson reiten konnte, lag vor ihr, und so hatte sie sich mit Daniel bei ihm zu Hause auf der Farm verabredet. Solange Schnee lag, waren die Tiere alle drinnen. Georgia wusste, dass es zwar genug andere Arbeit gäbe, aber sie hoffte, dass Daniel und sie vielleicht trotzdem im Hofladen eine heiße Schokolade zusammen trinken konnten. Als sie das Gartentürchen öffnete, blickte sie auf ihre bloßen Hände und merkte, dass sie ihre warmen Handschuhe auf der Anrichte neben der Spüle liegen gelassen hatte. Sie befahl Pip, auf sie zu warten, und lief schnell zurück ins Haus, um sie zu holen. Während sie sich die Handschuhe schnappte, fiel ihr Blick auf einen offiziell aussehenden Umschlag, der an sie adressiert und gegen einen Krug gelehnt war. Er musste heute Morgen mit der Post gekommen sein, als Georgia auf Redgrove Farm war.

Sie steckte den Umschlag in ihre Jackentasche, schnappte sich Pips Leine und machte sich auf den Weg zu Daniels Farm. Der Schnee knirschte unter ihren Füßen. Pip rannte voraus und bellte voller Vergnügen, während sie sich im Pulverschnee wälzte und austoben konnte. Georgia musste über Pips Begeisterung, die der eines Welpen glich, lächeln, und die Freude über den Schnee war ansteckend.

Daniel kümmerte sich gerade um seine Schafe, als sie ankam. Er füllte deren Wassereimer und schaufelte frisches Heu in ihre Futtertröge. Sie würden bald lammen und waren deshalb sicher in der alten Backsteinscheune seitlich der Farmgebäude untergebracht, etwas weiter weg vom Haus. Ihr Fell war fast so weiß wie der Schnee, der sich draußen um die Mauern angehäuft hatte. Daniel trug einen Overall unter seiner Wachsjacke und hatte seine Wollmütze tief ins Gesicht gezogen. Er grinste, als er Georgia sah, und winkte ihr zu.

Sie betrat die Scheune leise, um die Mutterschafe nicht zu erschrecken. Pip hatte sie bei Daniels Collie Hattie im Schutz der Veranda zurückgelassen. Die Schafe gehörten Daniel selbst – sein Vater hatte ihm sein eigenes Projekt geben wollen und ihm die Verantwortung für sie übertragen. Georgia wusste, dass Dan seine Aufgabe sehr ernst nahm, und freute sich schon auf die ersten Lämmer. Daniel war sehr darum bemüht, sie zu beschützen, besonders da es in letzter Zeit einige Berichte über Viehdiebstähle in der Gegend gegeben hatte. Daniels Vater hatte seine Sorgen jedoch mit einem Lachen abgetan und gemeint, dass die Diebe gewiss mehr an großen Herden interessiert waren, als an einer Handvoll Muttertiere. Die Schafe, manche so zahm wie Pip, stupsten Georgia mit ihren warmen Nasen an, als sie sich ihren Weg zu Daniel bahnte.

In dem Stall daneben war Lilys Hengstfohlen Secret während der großen Überschwemmung zur Welt gekommen, also dachte Georgia unwillkürlich immer an ihn, wenn sie sich in diesem Teil der Farm aufhielt. Secret lebte jetzt ein Stück weiter auf dem Hof von Josephine Smalley und wurde von Josephines Tochter Alice eingeritten, doch Georgia konnte ihn besuchen, wann immer sie wollte.

»Hey, Georgia.« Daniel winkte, seine Stimme klang durch seinen Schal dumpf. »Hilfst du uns hier mal, ja?«

»Klar«, antwortete Georgia lächelnd, zog einen Heuballen heraus und machte sich an die Arbeit. Sie dachte an Emma, die wahrscheinlich noch mit ihrem Laptop im Bett saß und sich einen Film ansah. Sie und Emma mochten zwar beste Freundinnen sein, aber sie hatten ziemlich unterschiedliche Interessen. Ab und an machte Georgia es Spaß, mit Emma einen Einkaufsbummel zu machen, doch viel besser gefiel es ihr, auf Redgrove oder auf Daniels Farm zu sein. Zum Glück kam Emma bei Sonnenschein doch oft zum Reiten nach Redgrove, auch wenn Georgia den leisen Verdacht hatte, dass es mehr mit Will als mit dem Reiten zu tun hatte!

»Jetzt dauert es nicht mehr lange, altes Mädchen.« Daniel kauerte neben einem der älteren Mutterschafe, einem stämmigen hübschen Schaf mit einem gesprenkelten Gesicht und freundlichen Augen. Georgia wusste, dass dieses Schaf etwas Besonderes war – es war von Daniel selbst mit der Hand aufgezogen worden. Georgia hatte sich immer gern die Geschichten angehört, was das Lamm, das so zahm wie der Hofhund gewesen war, früher alles angestellt hatte. Daniel hatte es sogar ein- oder zweimal in sein Zimmer geschmuggelt, und die beiden hatten zusammen Trickfilme angesehen. Inzwischen war das Schaf natürlich älter geworden und erwartete jetzt zum letzten Mal Nachwuchs – Zwillinge. Um dieses Tier kümmerte sich Daniel jedenfalls immer ganz besonders. Und wenn die Lämmer schließlich auf der Welt sein würden, hatte es sich sein Gnadenbrot auf dem Hof redlich verdient.

Sobald die Schafe gefüttert und mit ausreichend Wasser versorgt waren, drehte Daniel sich zu Georgia um. »Hast du Lust, zum Hofladen zu gehen und dort was Warmes zu trinken?«

»Gern«, antwortete Georgia.

Die beiden verließen die Scheune und liefen die Einfahrt hoch. Die Straßen in der Umgebung waren zwar mit Schneepflügen freigeräumt worden, aber dennoch waren die einzigen Fahrzeuge auf dem Parkplatz starke Geländewagen, die es mit den schwierigen Wetterbedingungen aufnehmen konnten.

Daniel hatte Georgia mit ihrem Lieblingsgetränk – heiße Schokolade – versorgt, und nun machten sie es sich in einer ruhigen Ecke bequem. Es war unübersehbar, dass Daniel Neuigkeiten hatte, die er unbedingt loswerden wollte.

»Also, hast du gesehen, was weiter oben hinter der Weide los ist?«, fragte er schließlich mit funkelnden

Augen. Es war offensichtlich etwas Aufregendes. Georgia hatte keine Ahnung, was auf dem Gelände hinter dem Gestüt Seven Birches los sein sollte – dem Hof, wo ihre Freundin Lexie für kurze Zeit gewohnt hatte. Verblüfft schüttelte sie den Kopf, und Daniel verdrehte die Augen.

»Ehrlich, Georgia, ich hätte gedacht, dass du es als Erste weißt. Ich kann gar nicht glauben, dass Emma es dir nicht erzählt hat!« Er machte eine Pause, um die Spannung zu erhöhen. »Die drehen dort einen richtigen Film!«

»Echt?« Georgia runzelte die Stirn. »Ich kann selbst nicht fassen, dass ich noch nichts davon gehört habe!« Das waren wirklich aufregende Neuigkeiten für ihr verschlafenes Dorf.

»Echt!«, bestätigte Daniel. »Georgia, die haben jede Menge Pferde dort!« Er grinste. »Ich bin mit Ben mal rübergelaufen, um zuzusehen. Es wird irgendeine Art Märchenfilm, vermutlich für Kinder.«

Georgia horchte auf. Alles, was mit Pferden zu tun hatte, interessierte sie. »Toll!«, freute sie sich. »Was das wohl für Pferde sein werden?«

»Auf die Frage habe ich schon gewartet.« Daniel grinste und stieß sie mit dem Ellbogen an.

Die beiden unterhielten sich noch eine Weile und verabredeten, auf jeden Fall mal zusammen zu dem Gelände zu gehen und beim Dreh zuzusehen. Georgia erzählte Daniel von der Fuchsjagd des Ponyclubs zu Weihnachten und wie Lily heute früh im Schnee gespielt hatte. Umgekehrt berichtete Daniel von seiner kleinen Schafherde.

»Es macht wirklich Spaß, Georgia. Ich kann es kaum erwarten, bis die Lämmer endlich da sind«, sagte er.

Georgia war froh, dass er bisher Becky Hanbury nicht erwähnt hatte. Sie wusste genau, dass ihre Klassenkameradin Daniel dauernd irgendwelche Nachrichten schrieb und ihn zu allen möglichen Weihnachtsfeiern einlud. Letzte Woche hatte sie ihn sogar gefragt, ob er nicht mit ihr ins Kino wolle, und zwar direkt vor Georgia, die neben Dan gestanden hatte. Doch Becky hatte sie wie Luft behandelt. Und das Schlimmste war, dass Georgia ja eigentlich gar nichts dagegen sagen konnte. Schließlich waren sie und Daniel kein Paar, jedenfalls nicht richtig. Zum Glück aber hatte Daniel alle Einladungen höflich abgelehnt, doch Mädchen wie Becky gaben nicht so einfach auf, und Daniel wurde irgendwie immer beliebter.

Da fiel Georgia der Brief ein, der heute Morgen auf der Anrichte geklemmt hatte, und sie zog ihn aus ihrer Tasche und legte ihn vor sich auf den Tisch. Daniel griff nach ihm, um einen Blick darauf zu werfen.

»Was ist das denn?«, fragte er neugierig.

Georgia zuckte mit den Schultern, nahm ihm den steifen, eierschalenfarbenen Umschlag aus der Hand und wendete ihn. »Ich weiß nicht«, antwortete sie. »Er war da, als ich von Redgrove zurückkam.«

»Tja, dann mach ihn doch auf.«

Langsam schob Georgia ihren Finger unter die Umschlagklappe und zog dann ein Papier heraus. Mit gerunzelter Stirn las sie die ersten Zeilen und blickte dann verblüfft zu Daniel. »Es geht um Lily.«

Sofort verzog Daniel besorgt das Gesicht. »O nein«, sagte er entsetzt. »Doch nichts Schlimmes? Nicht wieder Jemma?«, fragte er nach und meinte damit Lilys vorherige Besitzerin.

Georgia blickte verwirrt wieder auf den Brief und las weiter.

»Sehr geehrte Miss G. Black und Carlamu Lily«, las Georgia vor und fuhr dabei auf dem Brief mit dem Zeigefinger die Zeile entlang, während sie versuchte, aus dem Ganzen schlau zu werden. »Wir sind eine Produktionsfirma, die gegenwärtig einen Film im Süden von England vorbereitet, wobei einige Szenen im Ort Redgrove gedreht werden sollen. Die Wahl auf diese Gegend fiel aufgrund der herrlichen Lage und ihrer langen Tradition im Reitsport. In diesem Film spielen auch Pferde eine große Rolle. Diese werden hauptsächlich von einer Firma gestellt, die sich auf die Ausbildung von Pferden für den Filmbetrieb spezialisiert hat. In einer bestimmten Szene soll die junge Schauspielerin jedoch auf einem Palomino reiten. Unsere Klientin hat ausdrücklich um Carlamu Lily gebeten, nachdem sie das Pony beim Turnier *Pferd des Jahres* gesehen hatte. Natürlich wären wir bereit, Ihnen ein Honorar anzubieten …«

Sprachlos hielt Georgia inne. Sie blickte vom Brief hoch zu Daniel und wieder zurück. Als sie auf ihre Hände schaute, merkte sie, dass sie tatsächlich zitterten.

»Der totale Wahnsinn!« Daniel sprang vor Aufregung von seinem Stuhl auf. »Lily wird ein Filmstar!«

Kapitel drei

Schnell überflog Georgia den Rest des Briefes. Die betreffende Szene sollte schon bald gedreht werden, und falls der echte Schnee dann geschmolzen sein sollte, würde man Kunstschnee benutzen. Der genaue Drehort für diese Szene stand noch nicht fest. Lily würde jedenfalls mit der Schauspielerin nur ein Stück im Schritt gehen müssen, und es waren auch keine Sprünge oder irgendwelche Kunststücke mit ihr vorgesehen.

»Und von welchem Honorar reden wir?«, wollte Daniel wissen.

Georgia blickte wieder auf den Brief und las weiter. Ihre Hände begannen zu zittern. »Zweitausend Pfund …«

»Zweitausend Pfund!«, wiederholte Daniel ungläubig.

»Ja«, bestätigte Georgia mit zitternder Stimme. Zweitausend Pfund! Das war so viel Geld. Lily brauchte alle möglichen neuen Dinge, und außerdem konnte das ihrer Mutter noch bei der Hypothekenzahlung ihres kleinen Häuschens helfen. Georgias Herz machte einen

Sprung, um ihr gleich danach wieder in die Hose zu rutschen.

»Was ist denn?«, fragte Daniel, der ihren Gesichtsausdruck bemerkt hatte.

»Ich weiß auch nicht«, sagte Georgia. »Es ist nur …« Sie zögerte.

Sie wusste, dass dies eine einmalige Gelegenheit für Lily war, doch irgendetwas fühlte sich einfach nicht ganz richtig an. »Es ist nur … na ja, ich bin bisher die Einzige, die Lily geritten hat, seit sie vom Gestüt Carlamu gekauft wurde«, sagte sie langsam.

»Stimmt«, sagte Daniel. »Aber sie wollen ja auch nur, dass sie im Schritt gehen soll und nichts weiter.«

»Na ja, Lily gehört mir eigentlich offiziell gar nicht«, überlegte Georgia laut. »Ich habe sie nur geliehen. Melanie ist ihre eigentliche Besitzerin, und ich muss sowieso erst ihre Erlaubnis einholen. Es ist nur, dass ich mich irgendwie komisch bei dem Gedanken fühle, wenn irgendjemand anders Lily reiten sollte …«

Es war offensichtlich, dass Daniel das nicht verstand. »Sei doch nicht albern!«, rief er aus, und seine Begeisterung war unübersehbar. »Lily wird das nichts ausmachen, und du bekommst Geld dafür. Denk doch nur an all die Dinge, die du dann für Lily kaufen kannst. Und sie wird in einem Film zu sehen sein!«

Georgia nickte schweigend, bevor sie erklärte, dass sie Melanie fragen würde.

»Also dann, los!«, schlug Daniel vor. »Gehen wir gleich zu ihr. Du musst die Pferde doch sowieso wieder in den Stall bringen, oder?«

Georgia nickte immer noch leicht benommen. Sie konnte einfach noch nicht fassen, was sie gelesen hatte. Daniel griff nach ihrer Hand, und zusammen rannten sie hinaus in die eiskalte Luft. Der Himmel sah trübe aus, obwohl es erst Nachmittag war. Daniel hatte recht, die Ponys mussten hereingeholt werden, da weiterer Schneefall vorhergesagt worden war.

Georgia und Daniel rannten die Zufahrt von Daniels Farm hoch zur Hauptstraße und von dort weiter zur Redgrove Farm. Doch sie machten am Haus gar nicht erst halt, sondern liefen weiter auf den Weg zur obersten Weide. Pip und Hattie rannten ihnen voraus und beschnupperten die Umgebung. Georgia konnte es immer noch nicht fassen. Lily – *ihre* Lily – war für eine Rolle in einem Film ausgewählt worden!

Georgia reichte Daniel Wilsons und Callies Stallhalfter, dann gingen sie zur Koppel, um die Ponys hereinzuholen. Alle vier warteten schon am Gatter. Callie scharrte ungeduldig im Schnee und konnte es offensichtlich kaum erwarten, in ihren warmen Stall und zum großen Heunetz zurückzukommen. Lily stand neben Santa und wieherte leise, als sie Georgia erblickte. Das tat sie immer, und Georgias Herz schmolz dabei jedes Mal dahin.

Das kleine Palomino war so wunderschön, dass es fast unwirklich schien. Kein Wunder, dass Lily von dieser Filmfirma ausgesucht worden war!

Bald waren die Ponys wieder in ihren Boxen untergebracht, und Georgia sah Melanie, in einen schwarzen Wollumhang gehüllt, über den Hof gehen. Sophie, ihre Tochter, folgte ihr. Sie trug Ohrenschützer aus Kunstfell über ihrem Haar mit den pinkfarbenen Strähnchen und sah so stylish aus wie eh und je! Es waren Weihnachtsferien, und sie war für die freie Zeit von der Uni nach Hause gekommen.

»Melanie!« Daniel winkte ihnen zu. »Georgia hat dir etwas Aufregendes zu erzählen!«

»Ach, wirklich?« Interessiert kam Melanie zu ihnen. Georgia reichte ihr den Brief. Es dauerte einen Moment, bis Melanie den Brief überflogen hatte, dann reichte sie ihn Georgia mit einem Lächeln zurück.

»Tja«, sagte sie. »Das sind tatsächlich aufregende Neuigkeiten. Aber wie geht es dir denn dabei, Georgia?«

Georgia lächelte. Melanie kannte sie so gut. Sie hatte gemerkt, dass sie Daniels Begeisterung nicht wirklich teilte. Sophie hatte jetzt den Brief ebenfalls gelesen und kreischte laut auf.

»Ich weiß nicht«, sagte Georgia leise und malte mit ihren Stiefeln einen großen Kreis in den Schnee. »Es kommt mir nur ein bisschen komisch vor, wenn ich mir vorstelle, wie jemand anders auf ihr reitet, das ist alles.«

Melanie nickte. Sie fasste Georgias Arm und führte sie ein Stückchen von den anderen weg, damit sie unter vier Augen reden konnten.

»Du hast sehr hart gearbeitet, um Lilys Vertrauen zu gewinnen«, stellte Melanie fest. »Aber Lily ist härter im Nehmen als sie aussieht. Trotz der angespannten Atmosphäre beim *Pferd des Jahres* war sie dort unglaublich ruhig und gelassen, und sie lässt sich auch von mir, Daniel, Sophie oder Will versorgen. Weißt du, ich denke, Lily wird es gutgehen … solange du nur dabei bist.«

»Wahrscheinlich«, stimmte Georgia zu. »Also fändest du es gut, wenn sie es macht?«

»Ja, das fände ich gut«, bestätigte Melanie. »Und übrigens – falls du dir darüber Gedanken machst –, die zweitausend Pfund würden natürlich dir gehören. Ich mag zwar ihre offizielle Besitzerin sein, aber im Grunde bist du es doch. Denk einfach in Ruhe darüber nach, Georgia«, sagte sie freundlich. »Ich bin zufrieden und glücklich, solange du es bist.«

Georgia nickte.

»Würde es dir vielleicht bessergehen«, warf Sophie jetzt ein, da sie die letzten Sätze beim Näherkommen mitgehört hatte, »wenn du die Schauspielerin zuerst kennenlernst, bevor du dich entscheidest? Dann merkst du ja vielleicht, ob sie für Lily geeignet wäre.«

»Das ist eine gute Idee«, stimmte Georgia zu. Sie wusste, sie war ziemlich eigen, was die Stute betraf, doch Sophies Idee war durchaus sinnvoll. Die Schauspielerin konnte ja eine Pferdeliebhaberin sein, genau wie sie selbst. Georgia konnte dieses Angebot nicht einfach von vorneherein ablehnen. Besonders, da das Geld wirklich sehr nützlich sein würde!

Kapitel vier

Sobald Georgia einverstanden war, die Schauspielerin kennenzulernen, die Lily reiten sollte, ging alles ziemlich schnell. Melanie nahm sich der Sache an und stand mit der Produktionsfirma per Mail in regem Austausch. Die Schauspielerin, deren Identität noch geheim war, sollte am nächsten Wochenende auf den Hof kommen, um Lily und alle anderen kennenzulernen.

Der Wetterbericht war ebenfalls vielversprechend – es hatte schon seit einer Weile nicht mehr geschneit, und der Schnee begann langsam zu schmelzen, was bedeutete, dass Georgia wieder ausreiten konnte. An diesem Morgen verbrachte Georgia jedoch viel Zeit damit, Lilys goldenes Fell zu striegeln und ihre cremefarbene Mähne und ihren Schweif zu bürsten, statt mit ihr auszureiten.

Seit Lilys Fell vor ein paar Wochen geschoren worden war, fühlte es sich an wie Samt. Will gesellte sich zu Georgia, um seine dunkelbraune Stute Santa aufzuzäumen. Das kräftige Jadegrün und Weiß seiner Reitkappe brachte einen zusätzlichen Farbtupfer in den Wintertag. Georgia strich Lilys dunkelblaue Wolldecke über ihrer muskulösen Hinterhand glatt, und nachdem sie den Kehlriemen strammgezogen hatte, führte sie die kleine Stute hinaus in den gepflasterten Hof und schwang sich in den Sattel. Sie wollte nur auf den ruhigen Seitenstraßen von Redgrove reiten, denn auf den gefrorenen Feldern im Gelände lag immer noch Schnee, doch es fühlte sich toll an, wieder einmal im Sattel zu sitzen. Lily gefiel es offensichtlich ebenfalls – ihre Ohren waren aufgestellt, als sie im Gleichschritt mit Santa loslief, beide drängten ungestüm leicht zur Seite, die kalte Luft schien sie beide munter zu machen.

Will und Georgia plauderten unbeschwert, während sie durch den Ort ritten. Sie kamen an dem alten Pub vorbei und ritten weiter die Auffahrt zu Daniels Farm hoch. Die Hauptstraße sah im morgendlichen Sonnenschein wirklich hübsch aus, und einige Leute blieben stehen, um die Ponys zu bewundern. Als Lily am Wettkampf um den Titel *Pferd des Jahres* teilgenommen hatte, war in der Lokalzeitung eine Geschichte über die Rettung des Palominos und seinen Weg zur Meisterschaft zu lesen gewesen, darum war sie inzwischen eine kleine Berühmtheit geworden. Jasper hatte für die Mitglieder des Round-Barrow-Ponyclubs eine Fahrt zur Olympia Grand Hall organisiert, damit sie Lilys Teilnahme bei dem Turnier miterleben konnten. Das kleine Pony stand also im Zentrum der Aufmerksamkeit!

»Lily wird noch berühmter sein, wenn sie auch noch ein Filmstar ist!«, meinte Will grinsend, die Zügel in einer Hand wie ein Cowboy, so dass Santas Kopf gesenkt und völlig entspannt war. Wie Daniel fand Will die Neuigkeiten einfach toll.

»Hmm«, meinte Georgia und streckte die Hand aus, um Lily zu tätscheln. Sie war immer noch nicht richtig überzeugt.

Emma wartete im Hof, als die beiden Ponys die Einfahrt entlangkamen. Eingehüllt in einen dunkelroten Steppmantel, mit einer weißen Pudelmütze auf ihrem glänzenden dunkelbraunen Haar, errötete sie leicht, als sie Will sah, der sie wiederum beim Abzäumen von Santa angrinste. Es war unübersehbar, dass Emma ihn mochte – sie half ihm sogar manchmal beim Ausmisten, und Emma mistete wirklich nur dann aus, wenn es absolut sein musste! Auch sie war ganz aus dem Häuschen wegen der Neuigkeiten vom Film und war an diesem Vormittag mit ihrer Mutter gekommen, um mehr darüber zu erfahren.

»Du musst Lily einfach in dem Film mitmachen lassen«, sprudelte sie begeistert heraus. »Weißt du denn schon, wer die Schauspielerin sein wird?«

Georgia schüttelte den Kopf. Jeder wollte, dass Lily der Star des Films wurde. Jeder außer ihr! Lily rieb mit ihrem goldfarbenen Kopf gegen Georgias Arm, bevor sie ihre Nase auf Georgias Schulter legte und eine Spur von weißem Schaum hinterließ, während sie leise schnaubte. Georgia gab es nicht gerne zu, aber sie wollte das kleine Pony eigentlich ganz für sich allein. Was, wenn Lily wirklich *richtig* berühmt wurde? Dann wollte Melanie sie vielleicht verkaufen.

Georgia seufzte. Sie wusste, dass sie albern war, aber das kleine Pony bedeutete alles für sie, und irgendwie hatte sie insgeheim immer Angst, dass man es ihr eines Tages wieder wegnahm. Nachdem es einen zweiten Platz beim Turnier *Pferd des Jahres* belegt und sich für das Turnier in der Olympia Grand Hall qualifiziert hatte, wollte Georgia gar nicht darüber nachdenken, wie viel das Pony inzwischen wert sein musste. Tausende und Abertausende von Pfund wahrscheinlich. Sie verdrängte den Gedanken jetzt und seufzte. Niemals hätte sie sich damals auf ihrer Fahrt zu dem Nachhilfekurs, bei dem sie zufällig Lily begegnete, vorstellen können, dass sich die Dinge so entwickeln würden!

Georgia hatte sich überlegt, wie die Schauspielerin wohl sein würde, aber es stellte sich heraus, dass Jocelyn McCall-Jones ganz anders war als alles, was sie sich vorgestellt hatte. Es war früh am Samstagvormittag, als die Schauspielerin auf Redgrove ankam. Während der letzten Tage hatte sich Georgia dieses Treffen immer wieder ausgemalt und erwartete inzwischen fast, eine weiße Limousine in die Einfahrt einbiegen zu sehen.

Daraus würde eine glamouröse Blondine im Pelz aussteigen, die eine dunkle Sonnenbrille trug. Entsprechend verblüfft war sie, als sie in Melanies große Wohnküche trat und von einem zierlichen, blonden Mädchen begrüßt wurde, das ganz normal in Jeans und ein weißes T-Shirt gekleidet war.

Jocelyn war zweifellos sehr hübsch – Sophie musterte sie von ihrem Platz am gusseisernen Herd, die Hände um eine Teetasse gelegt. Georgia war nicht unbedingt auf dem Laufenden, was Promis betraf, also kannte sie Jocelyn nicht. Sie vermutete lediglich, dass sie ungefähr so alt war wie sie selbst.

Jocelyn sprang auf, als Georgia eintrat, und die beiden Mädchen schüttelten sich die Hände. Es war merkwürdig, dass die Schauspielerin direkt hier in Melanies Küche stand, zwischen den Hunden und all den Rosetten und der Sattelseife auf dem Tisch! Jocelyn hatte zwei Assistentinnen dabei, die in der Küche warteten, eine der beiden schien damit beschäftigt, Nachrichten auf einem Smartphone zu checken.

»Ich bin Joss«, sagte Jocelyn schließlich in akzentfreier Sprache, so klar und deutlich, dass es sich in der großen Farmhausküche anhörte, als käme ihre Stimme geradewegs aus dem Fernseher oder dem Radio.

»Und ich bin Georgia.« Georgia erwiderte das Lächeln, dankbar, dass Joss nicht so groß war, wie sie es sich vorgestellt hatte. Lily war schließlich nicht sehr groß und ausgesprochen schmal gebaut, also war es besser, wenn jemand auf ihr ritt, der leicht war.

»Du hast ja solches Glück, ein so tolles Pony zu haben!«, sprudelte Joss heraus. »Lily ist wirklich wunderschön!«, fuhr sie verträumt fort, und ihre Augen funkelten. »Du weißt, dass ich euch beim *Pferd des Jahres* zugesehen habe?«

Georgia schüttelte den Kopf. Die ganze Situation kam ihr mehr und mehr wie ein Traum vor.

»Ich war in einer der privaten Logen«, erklärte Joss. »Und sobald ich Lily sah, wusste ich, dass sie genau das richtige Pony für mich ist. Na ja, für den Film jedenfalls«, fügte sie hinzu. »Ich meine, ich wusste, dass ich kein anderes Pony haben wollte, also hat meine Assistentin alles organisiert.« Sie grinste.

»Ähm, ja, das ist toll«, sagte Georgia, obwohl sie am liebsten ihre Krallen ausgefahren hätte.

»Tja, also«, sagte Melanie und zog eine Jacke an. »Warum gehen wir nicht los und besuchen unseren kleinen Star?«

»Super!« Joss strahlte. Sie wirbelte in der Küche herum und erinnerte Georgia an eine Elfe oder eine Fee – sie bewegte sich nicht einfach ganz normal, sondern irgendwie schien es, als ob sie immer tänzelte und über allem schwebte. Georgia fühlte sich richtig schwerfällig, als sie ihre alten Gummistiefel anzog und Joss und Melanie hinaus in den Garten folgte, wo im Schatten immer noch Schnee lag. Obwohl es kürzlich getaut hatte, war es nach wie vor eisig, und die plötzliche kalte Luft schmerzte in Georgias Augen und auf ihrer Haut. Lily wartete in ihrer Box neben Santa, und beide Ponys streckten interessiert die Köpfe über ihre Türen, als Melanie das Tor zum Innenhof öffnete.

Lily wieherte leise zur Begrüßung, als sie Georgia sah. Joss stieß einen bewundernden Ausruf aus, als sie sich dem Palomino näherten. Georgia wusste, sie sah aus der Ferne schon gut aus, genau wie sie auf Joss in ihrer Loge beim Turnier gewirkt haben musste. Doch Lilys edle Abstammung war erst aus der Nähe richtig zu erkennen, denn sie war zierlich und graziös wie eine Porzellanfigur. Es war kein Wunder, dass sie schon mit elf Jahren eines der besten Ponys in ihrer Kategorie war.

»Hast du schon mal von ihr gehört?«, flüsterte Georgia Sophie zu, sobald Joss außer Hörweite war.

»Klar habe ich von ihr gehört!« Sophie hob die Augenbrauen. »Sie hat in dem Film *Ich warte nur auf dich* mitgespielt und in jeder Menge Fernsehserien, auch wenn mir die Namen jetzt gerade nicht einfallen. Aber sie ist auf jeden Fall ein kommender Star.«

»Oh«, sagte Georgia leise. Es war klar, wieso Joss Erfolg hatte. Sie verstand es auf jeden Fall, im Mittelpunkt zu stehen!

»Also, Joss«, sagte Melanie, als das Mädchen die

Hand ausstreckte, um Lily am Hals zu tätscheln. »Wie viel Erfahrung mit Pferden hast du denn?«

»Nun, ich liebe Pferde mehr als alles andere«, sagte Joss unbestimmt, mit einem breiten Lächeln.

»Schön«, sagte Melanie langsam. »Aber ich meine, hast du Reitunterricht? Hast du selbst ein Pferd?«, fragte sie weiter nach. Georgia wusste, dass Melanie nichts dagegen hätte, wenn Joss ein Neuling war, aber sie musste das wissen, damit sie Lily entsprechend vorbereiten konnten.

Joss nickte. »Ich hatte schon Unterricht«, sagte sie selbstbewusst. »Mein Lehrer meinte, ich könnte richtig gut werden.«

Georgia bezweifelte nicht, dass Joss Pferde liebte – das war nicht zu übersehen, so wie sie Lily ansah und vorsichtig über ihre Nase strich, aber konnte sie auch wirklich ein Pferd reiten? Es gab nur einen Weg, es herauszufinden. Georgia griff nach Lilys Stallhalfter und zog es ihr über, um das Pony anschließend hinaus in den Hof zu führen. Sie reichte Joss das Zaumzeug und legte schnell den Sattel auf, zog den Riemen fest und tätschelte Lily kurz, bevor sie sich wieder zurück zu Joss drehte, die immer noch das Zaumzeug hielt und unsicher dreinsah.

Georgia war leicht verlegen, als sie ihr das Zaumzeug wieder abnahm und es schnell über den Kopf der kleinen Stute zog. Vielleicht hatte Joss bei ihren Unterrichtsstunden noch nicht gelernt, wie man ein Pferd aufzäumte, was ja verständlich wäre.

Melanie wollte sich auf der kleinen Außenkoppel ansehen, wie Joss und Lily zusammen harmonierten. Georgia führte Lily aus dem Hof und durch das Gatter auf den Sandplatz. Joss trug teuer aussehende Jeans und lange Reitstiefel aus Lackleder darüber. Georgia mochte sich gar nicht vorstellen, wie viel sie gekostet haben mussten. Wahrscheinlich ein paar hundert Pfund, dachte sie und blickte auf ihre eigenen Gummistiefel.

Dennoch musste sie zugeben, dass Joss nett war, viel netter als sie erwartet hatte. Und sie schien gar nicht eingebildet zu sein, auch wenn sie sich anscheinend bei allem auf ihre Assistentinnen verließ. Eine hielt jetzt ihre Strickmütze, als sei sie ein kostbarer Diamant, während Joss ihre Reitkappe zurechtrückte.

Joss benutzte die Aufstieghilfe, schob ein Bein über den Sattel und saß dann auch schon auf Lily. Sie nahm die Zügel und richtete sich auf. Ihre Haltung war recht gut, aber etwas steif. Dennoch war Georgia erleichtert zu sehen, dass sie Lily nicht mit den Zügeln am Gebiss zerrte oder ihr die Fersen in die Seiten stieß, damit sie losging. Sie saß einfach nur da.

Lily wartete und wirkte fast amüsiert darüber, dass sie keine Anweisungen von ihrer Reiterin bekam. Georgia überlegte blitzschnell, dann machte sie einen Schritt auf sie zu und schnalzte leicht mit der Zunge, und Lily, die an die Bodenarbeit mit Georgia gewöhnt war, ging folgsam los. Jetzt, da sie die Schauspielerin persönlich kennengelernt hatte, fing Georgia an, den Gedanken zu mögen, dass Lily die Chance bekam, in einem Film mitzuspielen. Auch wenn es ziemlich offensichtlich wurde, dass Joss eine totale Anfängerin war. Joss jubelte begeistert, als Lily einen Zwanzig-Meter-Zirkel absolviert hatte, wobei Georgia vor ihr lief und die kleine Stute zu sich lockte.

Joss kam neben Melanie zum Stehen, beugte sich vor und umarmte Lilys Hals. »Sie ist auf jeden Fall das perfekte Pony!«, schwärmte sie. »Vielen Dank!«

Georgia grinste. Wenn Lily vor der Kamera nichts weiter zu tun hatte, als im Schritt zu gehen, und Joss nichts anderes, als still auf ihr zu sitzen, dann sollte Georgia das recht sein! »Kein Problem«, sagte sie und meinte es auch so. Sie fuhr mit den Händen leicht über Lilys kleine Ohren und spürte, wie ihr vor Aufregung ein Schauer über den Rücken lief. Ihre Lily, das Pony, das Georgia gerettet hatte, würde ein Filmstar werden. Sie konnte es kaum fassen!

Kapitel fünf

Joss schien es nicht besonders eilig zu haben, Redgrove Farm zu verlassen, obwohl Lily abgezäumt war und Georgia sie zurück in den Stall gebracht hatte. Joss' Assistentinnen waren immer noch in der Küche und telefonierten oder schickten unentwegt Nachrichten hin und her. Zuerst wollte Joss Wilson, Callie und Santa sehen und dann noch zuschauen, wie Georgia die Heunetze neu füllte. Sie schien von allem fasziniert zu sein und stellte jede Menge Fragen. Irgendwann gesellte sich Will zu ihnen, der mit Santa arbeiten wollte, sobald das Wetter besser war. Joss' Augen leuchteten bei Wills Anblick auf, und bald darauf trabte Will auf Santa entspannt auf dem Zirkel, die Zügel wie immer in einer Hand zusammengefasst. »Er ist nett!«, meinte Joss unvermittelt.

Dann hörte Georgia, wie das Tor geöffnet und geschlossen wurde, und Daniel kam herein, diesmal natürlich nicht in seinem Overall, sondern in Jeans und einer alten Tweedjacke. Sofort richtete Joss ihre Aufmerksamkeit auf ihn. Sie setzte ein breites Lächeln auf und streckte ihm die Hand zur Begrüßung entgegen. Georgia bemerkte die perfekt manikürten Nägel und die blitzende Uhr am Handgelenk. Unwillkürlich blickte sie auf ihre eigenen abgebissenen Nägel und Hände, die rau von vielen Jahren Stallarbeit und Reiten waren. Schnell schob Georgia sie in ihre Hosentaschen.

»Ich bin Joss«, flötete die Schauspielerin, und Daniel musterte sie amüsiert. Ein leichtes Lächeln umspielte Georgias Mund, als ihr klarwurde, dass Daniel keine Ahnung hatte, wer Joss war.

»Dan, das ist Jocelyn … Joss … McCall-Jones. Sie ist wegen des Films gekommen und wollte Lily kennenlernen«, erklärte Georgia.

»Ah«, sagte Dan höflich. »Du bist die Schauspielerin? Freut mich, Joss, hallo. Also, was hältst du von unserem kleinen Pony?«

»Es ist perfekt«, antwortete Joss sofort. »Ich bin ja so froh, dass Georgia sie mir überlässt! Lily ist das einzige Pony, das ich haben wollte.«

Darüber runzelte Georgia leicht die Stirn. Joss sollte Lily nur für einen Tag ausleihen dürfen; ganz sicher würde sie Lily nicht »haben«!

Daniel musste ihre Gedanken gespürt haben, denn er blinzelte Georgia zu, die sich sofort ertappt fühlte und einsah, dass sie ein wenig albern war.

»Also dann, erzählt! Ich will alles wissen!« Emma platzte vor Neugier, als sie später am Nachmittag, nachdem Daniel und Georgia mit dem Ausmisten fertig waren, zu den beiden herüberkam. Joss hatte sich zuvor widerstrebend verabschiedet, da sie noch einige Szenen drehen musste. Georgia hätte nicht sagen können, ob die Schauspielerin nun wegen Lily oder wegen Daniel ihre Anwesenheit auf dem Hof noch stundenlang hinausgezögert hatte. Sie hatte jede Menge Fragen über Pferdehaltung gestellt, von denen manche total albern gewesen waren. Georgia versuchte, sich in Erinnerung zu rufen, dass sie selbst ja auch nicht immer schon alles gewusst hatte, also hatte sie sich Mühe gegeben, in ihren Antworten nicht überheblich zu klingen.

»Also, wie ist sie denn im echten Leben?«, fragte Emma jetzt. »Mochte sie Lily? Konnte sie reiten?« Emma sprudelte mit ihren Fragen nur so heraus.

»Nett, ja, und nein, nicht richtig«, antwortete Georgia auf diese Fragen so ehrlich wie möglich. Eigentlich wollte sie Emma bei der nächstbesten Gelegenheit, sobald Daniel nicht mehr in Hörweite war, davon erzählen, wie Joss sich sofort an ihn rangemacht hatte, aber dann tat sie es doch nicht. Es hätte geklungen, als sei sie eifersüchtig. Daniel sah gut aus und war immer zu allen nett, also war es kein Wunder, dass ihn alle mochten, besonders die Mädchen. Georgia seufzte. Wahrscheinlich machte sie sich völlig unbegründet Sorgen.

Doch auch wenn Georgia noch Zweifel daran gehabt hatte, dass Joss tatsächlich ein Auge auf Daniel geworfen haben könnte, ein paar Tage später wurde dies völlig offensichtlich. Als Joss mit dem Regisseur nach Redgrove zurückkehrte, um Lilys Szenen zu besprechen, war Daniel der Erste, nach dem sie fragte. Sie hatte ihnen in dieser Woche schon einmal einen Besuch abgestattet, um sich davon zu überzeugen, dass die untere Koppel für Lilys Szene geeignet war. Daniel war ebenfalls da gewesen und füllte die Heunetze, und Joss war allein zu ihm in die Scheune gegangen. Georgia war zwischen der Scheune und der Koppel hin- und hergelaufen, um die Ponys hereinzuholen. Natürlich musste sie gerade da einen alten Overall von Daniel tragen und Stroh in ihrem Haar hängen haben. Im Gegensatz dazu sah Joss so gepflegt und schick aus, in ihrer weißen Jeans und dem schwarzen Parka mit Fellbesatz. Ihr Haar hatte sie locker zusammengebunden. An diesem Abend hatten Daniel und Joss viel zusammen gelacht. Als Joss jetzt im Hof stand, bemerkte Georgia, wie sie sich umsah. »Wo ist denn Daniel?«, fragte sie gleich darauf beiläufig.

Georgia merkte, wie sich der Unmut in ihr regte. Sie hatte das Gefühl, als wolle Joss das, was Daniel und sie verband, klein machen. Joss konnte natürlich nicht wissen, dass Daniel und Georgia eine besondere Freundschaft verband, dennoch breitete sich in Georgia ein ungutes Gefühl aus. »Wahrscheinlich kümmert er sich um die Schafe, oder er hilft seinem Vater«, antwortete sie so gelassen wie möglich.

»Oh, verstehe.« Joss legte den Kopf leicht zur Seite. »Du hast ja solches Glück«, sagte sie mit einem strahlenden Lächeln zu Georgia, »einen so guten Freund zu haben. Dan sagte, du wärst für ihn wie eine kleine Schwester.«

Joss' Worte klangen völlig unschuldig, doch Georgia konnte nicht anders, als sich davon beleidigt zu fühlen. Eine Schwester? Sie hätte gedacht, dass ihre Freundschaft etwas mehr war als das.

Sie versuchte, sich nichts anmerken zu lassen, und lächelte schwach. »Ach ja?«, antwortete sie und widmete dem Aufhängen der Führstricke mehr Aufmerksamkeit als sonst. Wenn Daniel ihr gegenüber so empfand, konnte sie das auch nicht ändern.

»O ja«, fuhr Joss äußerst liebenswürdig fort, als sei ihr gar nicht bewusst, welche Auswirkung ihre Worte auf Georgia hatten. »Er sagte, es sei *so* cool, mit einem Mädchen befreundet zu sein, das eben kein typisches Mädchen ist und nichts dagegen hat, sich bei all diesen Arbeiten schmutzig zu machen!«

War es wirklich das, was Daniel in ihr sah? Später am Abend ließ Georgia sich zu Hause die Worte von Joss immer und immer wieder durch den Kopf gehen und studierte dabei ihr Spiegelbild im Flurspiegel, neben dem gerahmten Foto, das sie beim *Pferd des Jahres* auf

Lily zeigte. Wie üblich war ihr dunkelblondes Haar vom Wind zerzaust, und als Georgia ihr Spiegelbild genauer musterte, entdeckte sie einen Spritzer Teerölimprägnierung auf ihrer Stirn, der von der Reparatur des Koppelzauns stammen musste. Mrs Black ging mit einem Arm voll sauberer Wäsche an ihrer Tochter vorbei und blieb beim Anblick des ernsten Gesichtsausdrucks ihrer Tochter stehen.

»Alles in Ordnung mit dir, Liebes?«, fragte sie, und Georgia nickte.

»Mum?«, fragte sie dann nachdenklich und machte noch einmal eine Pause, unsicher, wie sie diese Frage formulieren sollte. »Findest du, dass ich kein typisches Mädchen bin?«

Mrs Black musste lachen und gab ihrer Tochter einen Kuss auf ihre mit Sommersprossen übersäte Stirn. »Nun, du scheust dich jedenfalls gewiss nicht davor, dir die Hände schmutzig zu machen, wenn du das meinst. Aber genau das zeichnet dich ja auch aus«, sagte sie lächelnd. »Und eines ist sicher«, fügte sie hinzu und deutete auf das Foto des Ponys, »Lily liebt dich dafür.«

Also dachte ihr Mutter auch so von ihr. Georgia drehte sich wieder zum Spiegel und zog die Schultern nach hinten. Wenigstens war es Lily egal, wie sie aussah oder ob sie sich nicht wie ein richtiges Mädchen benahm. Wenn Daniel in ihr nur eine kleine Schwester sah, dann konnte sie daran auch nichts ändern.

Kapitel sechs

»Alles in Ordnung?« Daniel und Georgia hatten den größten Teil des nächsten Abends schweigend nebeneinander gearbeitet, als sie auf Redgrove Farm die Ponys für die Nacht fertigmachten, ihr Stroh auflockerten und die Wassereimer auffüllten. Daniel kam oft zum Helfen vorbei, und normalerweise genoss Georgia seine Gesellschaft. Diesmal klangen ihr jedoch Joss' Worte noch in den Ohren, und sie konnte eine gewisse Gereiztheit nicht ganz unterdrücken. Sie konzentrierte sich voll und ganz auf die Beinriemen an Lilys Decke, während Daniel sich abwartend an die Stalltür lehnte.

»Klar doch«, murrte sie, ohne ihn anzusehen.

»Weißt du, dass es nach der Fuchsjagd im Ponyclub eine Party geben soll?«, fuhr Daniel unbekümmert fort. »Gehst du auch hin?«

Georgia hatte bereits gehört, dass eine Party geplant war, und normalerweise hätte sie Daniel vorgeschlagen, gemeinsam hinzugehen, doch nun wollte sie sich lieber in Zurückhaltung üben. »Ich denke schon«, sagte sie lässig. »Vielleicht frage ich Will, ob er mit Em und mir gehen will.«

Einen Moment lang sah Georgia völlige Verwirrung in Daniels Gesicht. Schnell griff sie unter Lilys Bauch, um die Riemen dort strammzuziehen.

»Okay«, sagte Daniel und trommelte mit den Fingern auf der Stalltür. »Klingt nach Spaß.«

Hätte Georgia aufgeblickt, so hätte sie in Daniels Augen erkannt, wie verletzt er war, doch stattdessen konzentrierte sie sich nur auf Lilys Decke, um ihren Freund nicht ansehen zu müssen.

Als der Morgen gekommen war, an dem Lilys Szene gedreht werden sollte, war Georgia genauso nervös, als würde sie an einem großen Turnier teilnehmen. Draußen war es immer noch dunkel, und nachdem sie ihre gestreiften Vorhänge zurückgezogen hatte, blickte sie nachdenklich hinaus in die Dunkelheit. Mit zusammengekniffenen Augen beobachtete sie, wie die Schneeflocken herumwirbelten und auf den gefrorenen Rasen unter dem Fenster fielen.

Georgia war dankbar, dass die Filmszenen auf Melanies Gelände gedreht wurden und sie nicht das Risiko eingehen mussten, mit Lily bei diesem Wetter rauszufahren. Der Regisseur war von der unteren Koppel hellauf begeistert gewesen, weil sie an einen kleinen Wald angrenzte. Das würde seiner Meinung nach im Schnee ganz besonders gut aussehen.

Die untere Koppel war Georgias Lieblingsplatz auf der Farm. Dort hatte sie Lily zum ersten Mal geritten, und dorthin war sie immer gegangen, als damals vor dem Turnier der Druck für sie zu stark geworden war. Es war ein Ort, an den sie sich stets gern zurückzog, wenn sie ein wenig Zeit zum Nachdenken brauchte.

Seit Joss zum ersten Mal auf Redgrove Farm gewesen war, waren zwischen der Filmfirma und Melanie jede Menge E-Mails ausgetauscht worden. Der Regisseur und die Produzenten wollten Lily nur mit einfachem Zaumzeug und ohne Sattel, was völlig in Ordnung war. Lily war daran gewöhnt, ohne Sattel unterrichtet und geritten zu werden. Etwas schwieriger war die Tatsache, dass Joss in einem wehenden Umhang mit Kapuze reiten sollte – etwas, das Georgia während der wenigen vergangenen Tage mit Lily trainiert hatte. Sie hatte mit einer alten Picknickdecke improvisiert, die sie sich um den Hals gebunden hatte, und hoffte, dass Lily dann vernünftig genug war, um den Umhang bei Joss zu akzeptieren. Beim ersten Versuch hatte Lily verblüfft geschnaubt und war ein paar Schritte losgetrabt, was Emma, die von der Seite aus zugesehen hatte, recht lustig gefunden hatte. Doch nach und nach hatte Lily den langen, sich aufblähenden Stoff akzeptiert und ging nun ruhig und zufrieden im Schritt, trabte und galoppierte sogar auf dem Platz mit dem provisorischen Umhang, der hinter ihr herflatterte.

Schnell putzte sich Georgia jetzt die Zähne und kämmte ihr Haar. Danach schlüpfte sie in ihre wärmste Kleidung und schob ein Stirnband aus Fleece über ihre Ohren. Ihr kleines Zimmer war voll mit Erinnerungen an Lilys Abenteuer, einschließlich Fotos und Rosetten von den Turnieren, die einen Ehrenplatz auf dem überfüllten Bücherregal hatten. Georgia blieb kurz stehen, nur einen Moment lang, und blickte auf das Foto, das Lily beim großen Turnier im Galopp in der Arena zeigte.

Dann rief sie Pip zu sich und schnappte sich einen Apfel aus der Obstschale, bevor sie hinausging. Draußen roch es nach Schnee, die Flocken fielen schneller und schneller. Wenigstens brauchte die Filmfirma jetzt keinen Kunstschnee über Melanies schöne Felder zu versprühen.

Daniel wartete an der Ecke am Ende ihrer Straße auf sie, Schneeflocken schmolzen in seinen blonden Haaren. Er grinste, als er Georgia sah.

»Bereit?«, fragte er fröhlich, und Georgia nickte. Es war eigentlich ziemlich romantisch, mit Dan neben sich durch den Schnee zu laufen. Doch dann erinnerte sie sich wieder daran, dass er sie als seine »kleine Schwester« bezeichnet hatte. Irgendwelche romantischen Gefühle zwischen ihnen existierten offensichtlich nur in Georgias Phantasie. Entsprechend schüttelte sie Daniels

Arm ab, als er ihn um ihre Schultern legte, und er sah sie verwirrt an.

Es war jedoch keine Zeit mehr, um irgendetwas dazu zu sagen, denn sie hatten Redgrove Farm schon erreicht. Trotz der frühen Morgenstunde wimmelte es auf dem hell erleuchteten Hof bereits von Menschen. Überall standen Trailer, schicker als die luxuriösesten Pferdeanhänger, und Leute liefen eilig in langen Steppmänteln herum, Pappbecher mit Kaffee in den Händen oder kleine Walkie-Talkies, in die sie hineinsprachen.

»Wow …«, Georgia stieß einen leisen Pfiff aus. Die Filmleute mussten das alles über Nacht aufgebaut haben. Gestern Abend, als sie selbst nach Hause gegangen war, hatte die Farm ganz normal ausgesehen. Die Ponys, alle noch in ihren Boxen, beobachteten das Gewimmel interessiert. Glücklicherweise waren alle vier an große Turniere im Rampenlicht und mit viel Lärm und Stimmengewirr gewöhnt und deshalb von all dem Licht und den Geräuschen unberührt. Callie, die früher einmal ein berühmtes Turnierpony gewesen war, sah völlig gelassen aus. Sie war nie beunruhigt, solange sie genug Futter hatte!

»Alles in Ordnung, meine Schöne?«, rief Georgia dem Exmoor-Pony zu.

Das Pony streckte den Kopf über die Tür, als Georgia das Hoftor öffnete, seine wuschelige Stirnlocke war bereits voller Heu, bevor es sich ein weiteres Maul voll

Heu holte, die Augen aufmerksam und glänzend. Georgia kicherte und tätschelte Callies Nase. Dann ging sie die Boxen entlang, begrüßte Wilson und Santa und erreichte schließlich Lilys Box. Die kleine Stute blickte mit weichen bernsteinfarbenen Augen auf all das Gewimmel. Ihre wunderschöne cremefarbene Mähne und ihr Schweif waren voller Sägespäne vom Einstreu, die an ihrer Wolldecke hingen wie Schneeflocken.

Georgia hatte gestern noch viel Zeit damit verbracht, Lilys Mähne und ihren Schweif mit warmem Wasser zu waschen, also musste sie jetzt nur noch die Späne mit einer weichen Bürste auskämmen. Sie band Lily an, machte sich an die Arbeit und war bald völlig in ihre Arbeit vertieft. Daniel lehnte sich über die Stalltür.

»Ziemlich aufregend, oder?«, grinste er und strich sich die Schneeflocken aus seinem feuchten Haar.

Doch noch bevor Georgia antworten konnte, wurde sie von einem Kreischen unterbrochen.

»Dan!«

Das war Joss, und sie stand im Handumdrehen gleich neben ihm, hakte sich bei ihm ein und blickte bewundernd zu ihm hoch. Heute sah sie ganz besonders glamourös aus, ihr Haar war kunstvoll in Locken gelegt. Georgia fühlte sich im Vergleich dazu richtig schäbig. Sie blickte auf ihre Jeans und die Steppjacke – voller Speichelflecken von Lily – und wünschte unwillkürlich, sie hätte sich mehr Zeit für ihr Äußeres genommen.

Daniel lächelte freundlich. »Hey, Joss«, grüßte er fröhlich. Georgia konnte nicht anders als festzustellen, dass er die Schauspielerin mit einem breiten Lächeln anstrahlte, einem Lächeln, das normalerweise für sie selbst reserviert war.

»Brrr«, sagte Joss mit glockenheller Stimme und drängte sich enger an ihn. »Ist das kalt! Ich hoffe, du bist später auch noch da und kannst zusehen, wie ich auf Lily reite.« Sie blickte unter ihren langen Wimpern hervor zu Dan, und Georgia merkte, wie sich ein Kloß in ihrem Hals bildete. Joss war wirklich nett, hübsch und obendrein noch so etwas wie ein Promi, wie also sollte Dan sich *nicht* in sie verlieben? Nachdem Joss anfänglich beim Kennenlernen so getan hatte, als wären sie beste Freundinnen, war es jetzt, als ob Georgia gar nicht existierte. Georgia blickte zu Daniel und hoffte auf sein aufmunterndes Lächeln, doch er war total damit beschäftigt, über etwas zu lachen, was Joss gerade gesagt hatte.

Georgia drehte sich zurück zu Lily, die eben an ihrer Hand schnupperte, und merkte, wie der Kloß in ihrem Hals vor lauter Eifersucht immer größer wurde. Dann rief sie sich jedoch selbst zur Ordnung und erinnerte sich daran, dass sie das nicht nötig hatte. Außerdem war das alles ja sowieso nur für eine kurze Zeit – sobald die Szenen gefilmt waren, gäbe es nur noch sie und Daniel und Lily, und sie konnte sich auf das Turnier in London und auf Weihnachten freuen. Doch die Saat des Zweifels war in ihr aufgegangen. Joss' Worte klangen immer wieder in ihren Ohren: *wie eine Schwester*, und wie sehr sie es auch versuchte, Georgia konnte diese Worte einfach nicht vergessen.

Kapitel sieben

»Okay, alle zusammen!«, rief der Regisseur, ein großer, dunkelhaariger Mann mit einer Baseballmütze, und sofort hielten alle inne und passten auf, was er zu sagen hatte. Sein Name war Brodie, und er war aus Amerika. Georgia hatte ihn von Anfang an gemocht, schon als er zum ersten Mal auf Redgrove gewesen war. Er wusste genau über Pferderassen Bescheid und hatte auch Lilys Rasse gekannt, anstatt sie einfach nur als goldbraun zu bezeichnen. Nachdem er Lily sehr lange gestreichelt hatte, hatte er Georgia erzählt, wie sehr er Ponys vermisste, da er selbst auf einer Ranch in Montana aufgewachsen war. Deshalb hatte er auch beschlossen, einen Film zu drehen, in dem so viele Pferde mitspielten!

Jetzt zog Georgia Lilys Wolldecke weg. Brodie stieß einen leisen Pfiff aus. »Sie sieht großartig aus«, lobte er sie bewundernd, und Georgia fiel dabei Eric ein, Lilys Züchter. Wie stolz wäre er, wenn er sein Pony jetzt sehen könnte! Es lagen Welten zwischen der Lily, die Georgia damals zum ersten Mal in den verregneten

Bergen gesehen hatte, und der von heute. Wer hätte gedacht, dass die kleine Stute einmal beim Turnier *Pferd des Jahres* teilnehmen oder sogar in einem Film mitspielen würde? Es schien, als gäbe es nichts, was Lily nicht schaffen konnte!

Melanie, Simon und Sophie warteten bereits auf der unteren Koppel. Jede Menge Leute wuselten dort herum, und daneben waren einige Geländewagen geparkt worden. Es schneite immer noch. Im morgendlichen Zwielicht sahen die untere Koppel und das Wäldchen geheimnisvoll aus, genau richtig für die Szene. Joss spielte eine Fee und Lily ihr Pony. Eine Frau mit knallrotem Haar, die sich als Garderobiere vorgestellt hatte, hatte Georgia etwas feinen Silberglitter gegeben, den sie auf Lilys Mähne und Schweif verteilen sollte. Daraufhin funkelte und glitzerte das Pony vor dem schneeweißen Hintergrund. Lily sieht wirklich magisch aus, dachte Georgia, hoffte jedoch gleichzeitig, dass der Glitter bis zum nächsten Turnier wieder herausgewaschen wäre. Sie musste unwillkürlich grinsen, als sie sich vorstellte, was Janey, die besonders konservative Lehrerin im Round-Barrow-Ponyclub, sagen würde, wenn sie Lily jetzt sähe.

Lily lief folgsam neben ihr, sie hatte bis zum letzten Moment zwei Pferdedecken um und beobachtete das Geschehen gelassen. Von Joss war nichts zu sehen – auch nicht von Daniel, wie Georgia auffiel, während sie sich umsah. Er war verschwunden. Sie legte eine Hand auf den Hals des Palominos und betrachtete die Schneeflocken, die sich auf seine helle Mähne setzten. »Ich hoffe, du kommst damit klar, mein Mädchen«, flüsterte sie. Auch wenn sie wusste, dass Joss nur im Schritttempo auf Lily reiten würde, fühlte sie sich trotzdem komisch bei dem Gedanken, dass jemand anders Lily ritt. Melanie hatte ihr versichert, dass das nur möglich war, weil sie so gut mit ihr gearbeitet und Lilys Vertrauen gewonnen hatte – nur deshalb war jetzt jemand anderes in der Lage, sie zu reiten, aber dennoch …

Lily verlagerte ihr Gewicht auf die andere Seite, während Georgia ihre Zehen in ihren alten Stiefeln bewegte und sich fragte, ob sie wohl jemals wieder warm würden. Auf einmal kam Joss wie ein Wirbelwind auf sie zugelaufen, gefolgt von Daniel, der von einem Ohr zum anderen grinste. Georgia bemerkte, dass er völlig anders gekleidet war als sonst und sogar eine Schirmmütze auf seinem blonden Haar saß.

»Georgia, du errätst nicht, was los ist«, sagte er atemlos, und ohne auf ihre Antwort zu warten, jubelte er: »Ich spiele im Film mit!«

»W…was?«, fragte Georgia verwirrt nach, und Joss kicherte.

»Na ja, Brodie dachte, dass Dan perfekt für die Rolle des Stalljungen passen würde«, erklärte Joss. »Also hat er beschlossen, dass er mitspielen soll! Es wurde so ziemlich in letzter Minute entschieden. Alles, was er tun muss, ist, Lily herauszuführen und dann stehen zu bleiben, während ich davonreite.« Sie legte eine Hand auf Daniels Arm. »Du wirst super sein, das weiß ich!« Dann sah sie Georgia lächelnd an und fügte hinzu: »Ich hatte beim Casting auch ein Wörtchen mitzureden.«

Wieder verspürte Georgia, wie diese Eifersucht, die ihr inzwischen allzu vertraut war, in ihr aufstieg, nur dass ihr diesmal fast die Luft davon wegblieb. Sie sollte sich eigentlich für Daniel freuen – es war toll, dass er diese Chance bekam. Doch sie wünschte nur, Joss müsste nicht ständig mit ihm flirten, besonders nicht direkt vor ihren Augen!

»Das ist ja toll, Dan«, sagte sie und zwang sich zu einem Lächeln, doch Daniel war inzwischen bereits in eine Unterhaltung mit Joss und Brodie vertieft.

Georgia blieb allein zurück und fragte sich plötzlich, was passieren würde, wenn sie einen Rückzieher machte, doch sie wusste natürlich, dass es dafür viel zu spät war. Außerdem war das eine Gelegenheit für Lily, sich zu präsentieren. Georgia biss die Zähne zusammen. Jetzt wurde mit dem Drehen begonnen, und Joss zog den langen Steppmantel aus, den sie getragen hatte. Darunter kam ein silberner Umhang zum Vorschein, der mit funkelnden Steinen besetzt war. Sie sah umwerfend aus, und Georgia musste zugeben, dass das Ganze vor Lilys cremefarbenem Fell ganz besonders zur Geltung käme. Sie warf Dan einen Blick zu und merkte, wie er Joss anstarrte, und ihre Zuversicht sank weiter. Er mochte sie wirklich, das war nicht zu übersehen. Und Joss mochte Dan. Georgia konnte einfach nicht mit ihr konkurrieren. Georgia hasste sich selbst dafür, dass es ihr so viel ausmachte, und sie merkte, wie ihr die Tränen in die Augen stiegen.

Der Regisseur rief Lily und Georgia nach vorne und tätschelte die kleine Stute, die so geduldig gewartet hatte, während sich die Schneeflocken auf ihre blassen Wimpern setzten, und er erklärte genau, was er wollte. Eine der Assistentinnen half Joss vorsichtig auf das Pony. Georgia war erleichtert zu sehen, dass Lily völlig still stand, während Joss ihren Umhang arrangierte. All die harte Arbeit Georgias mit der Picknickdecke hatte sich eindeutig ausgezahlt. Dann bauten sich auf einmal alle möglichen Leute vor Georgia auf, und sie wurde zur Seite geschoben, während Daniel, Lily und Joss in den Mittelpunkt des Geschehens rückten. Die kleine Stute blickte zurück zu Georgia, als ob sie ihre Zustimmung suchte, und Georgia musste schwer schlucken. Sie schnalzte kurz mit der Zunge und hoffte, Lily könne das hören.

»Also aufgepasst, alle zusammen und … action!«, rief Brodie, seine Stimme mit dem amerikanischen Akzent schallte klar und deutlich durch die kalte Luft.

Daniel fasste Lilys Zaum, der mit Kristallen besetzt

war, und führte sie vorwärts. Das Palomino lief gehorsam mit ihm, während Joss kerzengerade und mit ernstem Gesichtsausdruck auf dem Pony saß. Als sie den Waldrand erreicht hatten, hielten sie Lily an, und Georgia musste schockiert mit ansehen, wie Joss sich nach vorne beugte und Daniel leicht auf die Wange küsste. Er machte einen Schritt zurück, verbeugte sich kurz und sah Joss auf dem Pony nach, als sie weiterritt. Lilys Hufabdrücke wurden praktisch sofort wieder von neuem Pulverschnee bedeckt. Georgia stand wie festgefroren da und rang nach Atem.

Brodie warf ihr einen Blick von der Seite zu und lachte leise auf. »Weißt du, Georgia«, sagte er gutmütig, »das ist nur Schauspielerei. Ich dachte, es würde die Szene gut abrunden, das ist alles.«

Georgia nickte unglücklich. Was sonst hätte sie noch tun können? Lily war jetzt wieder auf dem Rückweg, doch Brodie schien noch nicht ganz zufrieden zu sein. »Das Licht«, sagte er und spähte durch die Linse einer Kamera. »Drehen wir die Szene noch einmal.« Georgias Laune sank in den Keller. Sie würde sich das Ganze noch einmal ansehen müssen!

Die Szene wurde schließlich nicht nur einmal, sondern ganze sechsmal wiederholt, bis Brodie mit dem Ergebnis wirklich zufrieden war. Und jedes Mal hatte Georgia das Gefühl, einen Schlag in den Magen zu bekommen, wenn Joss sich zu Daniel beugte, um ihn zu küssen. Sie konnte nicht anders als zu bemerken, dass Daniel kein einziges Mal zu ihr blickte, während sie da so unglücklich am Zaun stand. Das einzig Gute bei der ganzen Sache war, dass Lily sich hervorragend verhielt. Georgia konnte nicht leugnen, dass sie und Joss wirklich toll zusammen aussahen. Jetzt, da sie wusste, dass Lily das alles nichts ausmachte, wünschte sie fast, dass die kleine Stute vielleicht einmal erschrak und Joss abwarf! Sie würde gewiss nicht mehr so perfekt aussehen, wenn sie erst im Schnee lag! Niemand sonst schien zu bemerken, dass Georgia aufgebracht war; alle anderen waren viel zu aufgeregt, selbst Sophie und Melanie, die normalerweise immer bemerkten, wenn es Georgia nicht gutging. Will war jetzt zu ihr getreten, in seinen dunklen Locken hingen Schneeflocken.

»Wow!«, grinste er, als Georgia begann, Lily zurück in den Stall zu führen. »Hat Dan ein Glück!« Er hatte Georgia gar nicht ärgern wollen, aber sie konnte nicht anders, als ihm einen finsteren Blick zuzuwerfen.

Will merkte jetzt, dass sie das Ganze gar nicht lustig fand, und wechselte schnell das Thema. »Lily sieht richtig toll aus, Georgia«, sagte er fröhlich. »Wie ein echter Filmstar.«

»Ja, nicht wahr?« Mit einem Nicken fasste Georgia Lilys Zaum. Sie schaffte es kaum, zu Joss und Daniel zu sehen, der eben versuchte, ihren Blick aufzufangen.

Sofort kehrte sie zum Stall zurück, und zwar so schnell sie konnte, bevor noch irgendjemand sie sehen konnte. In der Sicherheit von Lilys Box schloss sie die Tür hinter sich, und dann schossen ihr auch schon die Tränen in die Augen.

Kapitel acht

Sobald Lily wieder im Stall und abgerieben war, damit sie nicht zu sehr auskühlte, mit Santa, Wilson und Callie in den daneben liegenden Boxen, legte Georgia beide Arme um den Hals der kleinen Stute, atmete ihren Geruch ein und sog ihre Wärme und Kraft in sich auf. Zum Glück hatte sie Lily! Georgia war jegliche Lust vergangen, zur unteren Koppel zurückzukehren und beim Rest des Drehs zuzusehen. Lily hatte sich unglaublich gut verhalten, also war ihre Arbeit mit dem Pony erledigt. Und Brodie hatte recht, es war schließlich alles nur gespielt. Georgia wusste selbst, dass sie manchmal die Dinge viel zu schwer nahm. Der Kuss von Joss und Dan war nur für die Kamera gewesen.

Als wolle Lily ihr zustimmen, versetzte sie ihr einen kleinen Stupser, und Georgia seufzte. »Braves Mädchen«, sagte sie und rückte Lilys warme Decken zurecht. »Du warst einfach toll, wie immer.« Sie umarmte Lily fest. »Gott sei Dank habe ich dich«, stieß sie hervor und fühlte sich plötzlich sehr allein.

Es gab immer noch einige Dinge auf dem Hof, die erledigt werden mussten, da ja schließlich alle sehr früh nach unten zur Koppel gelaufen waren, um beim Drehen zuzusehen, also beschloss Georgia, sich abzulenken, indem sie die Heunetze für den Nachmittag nachfüllte und die Schüsseln von der Morgenfütterung auswusch. Wenn sie an all die Scheinwerfer und das Durcheinander auf der unteren Koppel dachte, hatte es etwas Friedliches, jetzt so allein auf dem Hof zu sein, und Georgia genoss die Ruhe. Es dauerte jedoch nicht allzu lange, und schon versammelten sich alle zurück auf dem Hof – Melanie, Sophie und Simon, und Dan, der sich wieder seine normale Kleidung angezogen hatte. Als er Georgia sah, löste er sich von der Gruppe und kam zu ihr herüber.

»Hey«, sagte er und klang verlegen.

»Hey!«, sagte Georgia etwas zu fröhlich. Sie wollte nicht, dass Daniel merkte, wie eifersüchtig sie war. »Du warst gut!«

Daniel streckte die Hand aus und tätschelte nachdenklich Lilys Hals. »Wegen, ähm, dem Kuss«, sagte er und blickte dabei auf den Boden. »Brodie meinte, das würde gut zum Drehbuch passen, das ist alles.« Er trat von einem Fuß auf den anderen. »Es war wirklich nichts weiter.«

»Schon in Ordnung, es war eine tolle Szene!«, sagte Georgia schnell, stopfte Heu in die farbigen Netze und wich Daniels Blick aus, in der Hoffnung, überzeugend zu klingen. Es gab eine unangenehme Pause.

»Tja, dann sehen wir uns später«, sagte Daniel schließlich und strich dabei leicht über Georgias Arm. »Läufst du mit mir zurück?«

Georgia schüttelte den Kopf. »Ich hab hier noch einiges zu tun«, schwindelte sie. Bestimmt bot Daniel ihr das nur aus Pflichtgefühl an, und außerdem wollte sie jetzt nicht mit ihm reden. Die Filmerei war endlich vorbei. Nun konnte sie sich wenigstens auf das Turnier in der Olympia Hall und die restlichen Weihnachtsferien freuen. Trotzdem hatte sie das komische Gefühl, dass Joss McCall-Jones noch nicht ganz aus ihrem Leben verschwunden war …

Als Georgia sicher war, dass Daniel zu Hause angekommen sein musste, und sie sich von Lily verabschiedet hatte, verließ sie den Hof zu Fuß. Melanie hatte ihr angeboten, sie im Geländewagen nach Hause zu bringen, doch Georgia hatte noch etwas allein sein und ein Stück laufen wollen, um ihren Kopf freizubekommen. Ohne Pip, der bereits vorher von Georgias Mutter abgeholt worden war, beschloss sie, die ruhige Dorfstraße entlangzulaufen, statt den Weg über die Wiesen abzukürzen, was durch Daniels Farm geführt hätte. Als sie tief in Gedanken versunken die Straße entlangwanderte, den Schnee knirschend unter ihren Stiefeln, wäre sie beinahe ins Heck eines alten grünen Landrovers gelaufen, der auf der Parkbucht zwischen der Redgrove Farm und der Einfahrt zu Daniels Farm parkte. Es war ein verbeultes Auto, und ein brauner Collie mit einem weißen Fleck über einem Auge bellte und blickte sie aus dem Heckfenster heraus an. Sie lächelte, und Daniels brave Hündin Hattie fiel ihr dabei ein. Doch als sie am Auto vorbeilief, schrak sie zusammen, da dort unvermittelt ein Fenster heruntergekurbelt wurde.

»Entschuldigung.« Ein Mann, wahrscheinlich Mitte dreißig, beugte sich aus dem Fenster. Er war ähnlich wie Daniels Vater gekleidet – kariertes Hemd und Wachsjacke –, ein typischer Farmer. Georgia sah sich um und fühlte sich plötzlich sehr allein, blieb jedoch stehen, als der Mann fortfuhr. »Ich suche nach dem Hofladen der Colemans.«

Erleichtert lächelte Georgia. »Der ist dort oben.«

Sie deutete auf die Straße, die zu Daniels Farm und dem beliebten Hofladen führte. Der Mann bedankte sich bei ihr und fuhr seinen Landrover aus der Parkbucht, doch statt in Richtung des Ladens zu fahren, bog er scharf nach links ab und verschwand in die entgegengesetzte Richtung. Die Räder hinterließen tiefe Spuren im Pulverschnee.

Georgia blickte ihm nach und zuckte mit den Schultern. Die Leute waren manchmal komisch. Als sie an der Einfahrt zur Farm vorbeilief, blieb sie kurz stehen und dachte daran, dass sie normalerweise bei Daniel vorbeischauen und die entspannte und herzliche Freundschaft zwischen ihnen genießen würde. Sie zögerte und blieb noch einen Moment lang stehen, bevor sie die Kapuze über ihren Kopf zog und nach Hause marschierte.

Es waren immer noch einige Schultage, bevor Georgia, Daniel und Emma Ferien hatten, und Georgia konnte es kaum erwarten – sie brauchte wirklich dringend eine Pause. Aufgeregtes Stimmengewirr erfüllte die Flure, als ihre Schulkameraden von ihren Plänen für die Weihnachtsferien erzählten, aber hauptsächlich wollten alle mit Daniel über den Dreh reden, natürlich vor allem über Joss und die Szene, in der sie ihn geküsst hatte. Typischerweise waren alle an diesem Teil ganz besonders interessiert! Die Tatsache, dass er eine kleine Filmrolle bekommen hatte, hatte sich schnell an der Schule herumgesprochen, und Dan bekam so etwas wie einen Promistatus. Während der Mittagspause wurde Georgia von einer Gruppe der beliebtesten Mädchen des Schuljahrs völlig beiseitegedrängt. Die Anführerin war natürlich Becky Hanbury, aber praktisch alle waren brennend interessiert, wie es gewesen war. Gutmütig antwortete Daniel auf ihre Fragen, und die Mädchen kicherten und umschwärmten ihn derartig, dass Georgia es kaum ertragen konnte.

»Alles okay?«, fragte Emma leise. Sie kannte Georgia gut genug, um zu wissen, dass sie sich ausgeschlossen fühlte. Georgia nickte, dankbar für ihre beste Freundin. Sie konnte es kaum erwarten, zum Stall zu kommen, sobald die Schule aus war, und sich nach den Aufregungen der letzten Woche nur noch auf Lily zu konzentrieren.

Die beiden Freundinnen hakten sich beieinander ein und liefen zur Bushaltestelle. Emma plauderte über Einladungen zu Weihnachtsfeiern und was es so an Klatsch gab, und Georgia hörte schweigend zu, froh über die Ablenkung.

»Ach, das habe ich ganz vergessen, dir zu erzählen«, sagte Emma, als sie in den Bus stiegen. »In Atworth wurde bei einer Farm eingebrochen, hat mein Vater erzählt. Das hat er im Pub gehört. Die haben dort Schafe gestohlen, kannst du dir so was vorstellen?« Das Dorf, von dem Emma sprach, lag etwa sieben Meilen von Redgrove entfernt. Georgia fragte sich, ob Daniel wohl davon wusste. Wenn ja, würde er sich gewiss Sorgen machen. Er hatte ihr gegenüber zwar nichts davon erwähnt, aber vielleicht teilte er seine Gedanken und Sorgen inzwischen mit Joss und nicht mehr mit Georgia.

Sobald am letzten Schultag die Glocke den Schulschluss anzeigte, stieg Georgia mit großer Erleichterung in den Schulbus und setzte sich neben Emma. Sie würde an diesem Abend mit ihrer Mutter vor dem Fernseher zu Abend essen und bald schlafen gehen, da es jetzt nur noch eine Woche bis Weihnachten und dem Beginn des Olympia-Turniers war.

Als Erstes am nächsten Morgen hatte Georgia eine Unterrichtsstunde bei Wills Bruder Jasper. Er half ihr, sich auf das Turnier vorzubereiten. Während Georgia in der Schule gewesen war, hatte Sophie Lily beim Ausritt auf Wilson mit dem Führstrick mitgenommen, so dass sie bereits Auslauf gehabt hatte.

Seit dem Filmdreh war kein Schnee mehr gefallen, doch Georgia blickte misstrauisch zum bewölkten Himmel und kreuzte die Finger. Es hatte ihr zwar gefallen, als alles so verschneit war, aber sie hoffte dennoch, es würde nicht mehr schneien, bis sie zum Turnier nach London fuhren.

Die Olympia Grand Hall! Der bloße Gedanke, dort reiten zu dürfen, schickte Georgia eine Gänsehaut über den Rücken. Schon im Alter von acht Jahren hatte sie davon geträumt, mit dem Ponyclub dorthin fahren zu dürfen. Und jetzt ritt sie selbst dort! Vorher hatte sie schon Sophie auf Callie dort teilnehmen gesehen. Sie musste sich immer noch selbst in den Arm zwicken, wenn sie daran dachte, dass sie es geschafft hatte, sich mit Lily zu qualifizieren. Sie hatten das Halbfinale kurz nach der Teilnahme am Turnier *Pferd des Jahres* erreicht, und das auch erst, nachdem Jasper sie davon überzeugt hatte, daran teilzunehmen. Georgia hatte gar nicht damit gerechnet, eine Platzierung zu erreichen, also war das Ergebnis eine richtige Überraschung gewesen. Daniel war ebenfalls dort gewesen und hatte Georgia danach ganz fest umarmt, sie praktisch von Lily zu sich heruntergezogen. Sie lächelte bei der Erinnerung, doch dann runzelte sie die Stirn. Anscheinend hatte es für sie mehr bedeutet als für ihn.

Kapitel neun

Jasper wartete am nächsten Tag bereits im Hof, als Georgia mit Pip zu ihrer Stunde kam. Als einstiger berühmter Turnierreiter war Jasper eine große Nummer im Round-Barrow-Ponyclub. Die Mädchen hingen an seinen Lippen, und für die kleine Gruppe von Jungen war er ein Held, was dazu führte, dass die Zahl der Jungen, die sich im Club anmeldeten, zu Janeys Freude wieder stieg. Georgia hatte amüsiert bemerkt, dass Harry viel netter zu ihr war, seit Jasper und Will ihr Pony Santa auf Redgrove untergebracht hatten. Seither suchte Harry auch immer wieder nach Entschuldigungen, um in Redgrove auftauchen zu können. Harry war eigentlich gar kein übler Kerl, etwas eingebildet vielleicht. Georgia hatte längst bemerkt, wie unreif er sich im Vergleich zu Daniel verhielt, der stets hart arbeiten musste, aber dennoch war er ganz in Ordnung.

Jasper, der sehr locker, lustig und natürlich ein ausgezeichneter Reiter war, lehnte in seiner dunkelgrünen Reithose und abgewetzten Beinschützern aus Leder am

Tor zum Reitplatz. Seinen Parka hatte er bis zur Nase hochgezogen. Er lächelte, als Georgia das Palomino-Pony zu ihm führte. Es hatte gegen die Kälte eine wollene Reitdecke übergelegt bekommen, und Georgia selbst trug ihre alte Steppjacke.

»Lily sieht richtig gut aus«, bemerkte Jasper und fuhr mit einer Hand über den eleganten Hals des Palominos, als Georgia sich gekonnt in den Sattel schwang. »Und … bist du bereit fürs Turnier?«

Georgia nickte. »Ich denke schon«, drang ihre Stimme durch den Schal, den sie um den Hals geschlungen hatte. Wenn sie ganz ehrlich war, hatte sie – anders als beim Turnier *Pferd des Jahres* – überhaupt keine Angst vor diesem weihnachtlichen Turnier, was wiederum einen ausgesprochen positiven Effekt auf ihr Training hatte. Ihre Qualifikation war so spät gekommen, und da ein anstrengendes Schulhalbjahr zu Ende ging und auch noch die Sache mit Lilys Filmrolle dazu kam, hatte sie nicht viel Zeit gehabt, über dieses Turnier nachzudenken. Sie war so entspannt wie sie nur sein konnte, und dadurch hatten sich auch ihre Reitkünste enorm verbessert – anders als vor dem Turnier *Pferd des Jahres*, wo ihre Nerven blank gelegen hatten. Dank Jaspers aufmerksamem Blick und seiner jahrelangen Turniererfahrung erbrachten Lily und Georgia eine hervorragende Leistung.

»Gutes Mädchen!«, lobte Georgia ihre Stute immer

wieder, als sie auf Lily quer über den Platz trabte und bevor sie mit ihr am Ende der Stunde eine Runde am langen Zügel drehte. Für etwa eine Stunde hatte sie ihren Kummer wegen Joss und Daniel völlig vergessen und nur noch ans Reiten gedacht. Ponys sind so unkompliziert, dachte sie. Warum kann denn nur das Leben nicht so einfach sein?

Zu ihrer Überraschung wartete Daniel im Hof, als sie zurück zum Stall kam. Er saß auf einem Heuballen in der Sattelkammer und spielte mit Melanies drei Terriern, indem er leicht an der Schnur eines Spielzeugs zog, während die drei mit gespielter Bissigkeit knurrten und mit ihren kurzen Ruten wedelten. Er sah hoch und lächelte, als er Georgia erblickte. »Wie war deine Stunde?«, fragte er.

»Gut«, antwortete Georgia wahrheitsgemäß. Lily war nie besser in Form gewesen. Sie wusste, dass Daniel immer noch ein wenig vorsichtig war, wenn es darum ging, sich vor einem Turnier zu erkundigen, wie es ihr ging.

»Das freut mich«, sagte er und schwieg einen Moment. »Georgia?«, fragte er dann zögernd, und Georgia rutschte das Herz in die Hose. Es klang, als hätte er etwas zu sagen, was sie nicht hören wollte.

Und sie hatte recht. »Weißt du, wenn wir wegen des Turniers in der Olympia Grand Hall in London sind …?«, sagte er, bevor er fortfuhr: »Na ja, Joss hat gesagt, wir könnten hinterher zu ihr in ihre Privatloge kommen, wenn wir wollen.«

Georgia dachte darüber nach. Es überraschte sie nicht, dass Joss dort sein würde; schließlich war es ein wichtiges Sportereignis, und bei einem ähnlichen Turnier hatte sie ja auch Lily für den Film entdeckt. Dennoch war ein Wiedersehen mit Joss so ziemlich das Letzte, worauf Georgia Lust hatte. Sie wusste, Daniel genoss seine momentane Berühmtheit als Filmstar, und sie wollte ihm das auch nicht verderben, aber sie hatte sich darauf gefreut, das Turnier wie üblich mit ihm, Melanie und Sophie zu genießen.

»Was meinst du dazu?«, fragte Daniel schließlich.

»Ich weiß nicht, vielleicht«, sagte sie und wusste, dass sie nicht besonders begeistert klang. Sie hatte gehofft, dass Daniel die Schauspielerin inzwischen vielleicht wieder vergessen hätte, jetzt, wo Lilys Szene abgedreht war, aber offensichtlich waren Daniel und Joss immer noch in ständigem Kontakt. Georgias Entschluss, sich einzig und allein auf die Ponys zu konzentrieren, wurde bestärkt. Es ging bei diesem Turnier nur um Lily, um nicht mehr und nicht weniger!

Kapitel zehn

Wenn Georgia es damals merkwürdig gefunden hatte, für das Turnier *Pferd des Jahres* nach Birmingham zu fahren, so war das Weihnachtsturnier in der Olympia Hall noch mal eine ganz andere Nummer. Als der Pferdeanhänger in dem dichten Verkehr von London nur langsam vorwärtskam, genoss sie es, all den Leuten zuzusehen, die im abnehmenden Licht des Nachmittags ihre Weihnachtseinkäufe machten. Blinkende Lichterketten und Tannenbäume rahmten die hell erleuchteten Schaufenster ein, und die Gehsteige waren voller Leute, die alle mit Tüten beladen waren. Georgia öffnete ihr Fenster nur einen Spalt und bekam prompt eine Gänsehaut, als sie von entfernt die Melodie von *Stille Nacht, heilige Nacht* vernahm, die aus dem offenen Eingang eines großen Warenhauses schallte. Sie merkte, dass der Anhänger leicht ruckelte, als ein Polizeiauto mit lauten Sirenen vorbeiraste, und hoffte, dass mit Lily im Anhänger alles in Ordnung war und sie keine Angst hatte.

Melanie bemerkte ihren besorgten Gesichtsausdruck und lächelte. »Es geht ihr gut, Georgia«, versicherte sie beruhigend, und Georgia erwiderte erleichtert ihr Lächeln. Daniel wollte am nächsten Morgen mit dem Frühzug nachkommen. Er hatte nicht genug Geld, um in London zu übernachten, und wollte außerdem auch seine Schafe nicht zu lange allein lassen, besonders, da sein Lieblingstier gerade zwei wunderschöne Zwillingslämmer zur Welt gebracht hatte. Der kürzliche Viehdiebstahl in der Gegend beunruhigte ihn obendrein, auch wenn sein Vater meinte, er sei überängstlich. Doch Georgia verstand das. Insgeheim war sie sogar dankbar, dass er so kurz wie möglich in London sein würde, weil das bedeutete, dass er Joss nicht noch länger treffen konnte. Daniel wollte Georgia beim Reiten zusehen und dann den nächsten Zug nach Hause nehmen, um sich abends wieder um seine Tiere zu kümmern. Sie lächelte bei der Vorstellung von Daniel in den lebhaften, überfüllten U-Bahnen Londons. Wahrscheinlich plauderte er mit seinen Sitznachbarn über seine Schafe oder den Hofladen.

Da Georgia wusste, wie viel Daniel auf der Farm zu tun hatte, war sie besonders dankbar, dass er zum Zuschauen kommen wollte. Sie versuchte, die leise Stimme im Hinterkopf zu ignorieren, die ihr sagte, er käme wahrscheinlich auch, um Joss wiederzusehen. Mit einem Stirnrunzeln erinnerte sie sich an Joss' Einladung, das restliche Turnier von ihrer privaten Loge aus zu verfolgen. Es war natürlich nett, dass sie Georgia einlud, nachdem sie Lily im Film eingesetzt hatte, allerdings hatte Georgia das untrügliche Gefühl, dass sie nicht so willkommen war wie Daniel. O Mann! Sie zog die Knie an die Brust und versuchte nur daran zu denken, dass es hoffentlich das letzte Mal war, dass sie Joss sehen musste. Dennoch konnte sie die Tatsache nicht ignorieren, dass sich zwischen Daniel und ihr etwas verändert hatte. Sie schloss die Augen und versuchte alle negativen Gedanken aus ihrem Kopf zu drängen und sich stattdessen nur noch auf das morgige Turnier zu konzentrieren.

»Wir sind da.« Sanft legte Melanie eine Hand auf Georgias Schulter und weckte sie aus ihrem kleinen Nickerchen. Georgia sah sich verblüfft um. Bei dem langsamen Dahinzuckeln im Verkehr und der aufgestauten Wärme war sie eingeschlafen; sie musste erschöpfter sein, als sie gedacht hatte. Neben ihr streckte Sophie ihre langen Beine, die in einer schwarzen Jeans steckten, und gähnte mit weit geöffnetem Mund. Sophie hatte ebenfalls geschlafen und rieb sich jetzt die Augen. »Olympia Grand Hall«, grinste sie verschlafen und blickte sich um. »Jetzt weiß ich, dass Weihnachten ist!«

Auch wenn sie das letzte Stück der Fahrt sehr langsam durch das Zentrum von London und weiter die

Kensington High Street gefahren waren, war Lily in ihrem Abteil immer noch ganz ruhig, als sie die hintere Rampe nach unten klappten. Sie hielt ihren Kopf hoch und blickte sich auf dem betonierten Parkplatz mit all den Pferdeanhängern um. Das vertraute Wiehern und das Geräusch der Hufe, die auf dem betonierten Boden klapperten, war zu vernehmen, vermischt mit den Sirenen und Verkehrsgeräuschen Londons. Als Georgia sich umsah, lächelte sie schüchtern, dann erkannte sie nach und nach andere Reiter aus der Turnierszene. Schließlich fiel ihr ein Mädchen auf, das wie verrückt winkte, ihr Gesicht war Georgia besonders vertraut. Das Mädchen führte ein großes kräftiges Highland-Pony, das kaum zu bändigen war und sie quer über den Parkplatz zerrte, um seine alte Freundin Lily begrüßen zu können: Es war der schöne graugescheckte Lachlan, und Alice Smalley führte ihn.

»Hallo, Georgia!« Sie begrüßte ihre Freundin mit einem Highfive. Georgia freute sich unheimlich. Es war so schön, Alice nach ihrem Unfall wieder bei einem Turnier und der Arbeit mit ihren geliebten Ponys zu sehen.

»Wie geht es Secret?«, fragte sie, und Alice lachte.

»Er ist frech wie eh und je!«, kicherte sie und tippte auf ihr Smartphone, um Georgia endlos viele Fotos des kleinen rötlich grauen Ponys zu zeigen. Lilys Söhnchen lebte auf Josephine Smalleys äußerst gepflegtem Gestüt ein höchst luxuriöses Leben, und ihre Tochter Alice betete ihn an. Es war schwer zu glauben, dass er jetzt schon über ein Jahr alt war, und noch stärker und besser aussehend denn je zuvor, dachte Georgia vergnügt, als sie sich die Fotos ansah. Plötzlich machte Alice große Augen und stieß Georgia an, damit sie sich umdrehte.

Als Georgia sich daraufhin umschaute, sah sie Joss auf sich zukommen. Sie bahnte sich eben ihren Weg durch die parkenden Pferdetransporter, wie immer begleitet von einer Assistentin. Sie trug teure Reithosen, was Georgia komisch vorkam, da sie selbst ja nicht an dem Turnier teilnahm.

»Lily!« Joss' glockenhelle Stimme tönte über die Autos hinweg zu ihnen herüber. »Wie geht es dir denn?« Sie streckte die Hand aus und tätschelte die kleine Stute, die mit ihrer Nase gegen ihren Arm drückte, um sie ebenfalls zu begrüßen. »Oh, seht nur«, quietschte Joss. »Sie erinnert sich an mich!« Dann bemerkte sie ein junges Mädchen, das gleich neben ihnen mit einem Handy wartete. Sie strahlte sie an und drehte sich zu Lily, um mit ihr zusammen zu posen. »Klar kannst du ein Foto von uns machen!«

Georgia spürte die vertraute Eifersucht in sich aufsteigen, als sie unvermittelt aus dem Bild gedrängt wurde. Lily war ihr Pony! Sie fing Sophies Blick auf und war erleichtert, als ihre Freundin die Augen verdrehte und kicherte. Sophie hatte erkannt, dass das

Mädchen eigentlich nur ein Foto von Lily haben wollte, nicht von Joss. Sobald das Mädchen gegangen war, reichte Joss Lilys Führstrick an Georgia zurück und lief neben der Gruppe her, die auf dem Weg zum Stallbereich war.

»Wieso trägst du denn Reithosen?«, wollte Sophie neugierig wissen. »Reitest du heute auch?«

»Ich komme gerade von meinem Unterricht«, erklärte Joss. »Im Hyde Park«, fügte sie noch hinzu. Als Georgia sie verständnislos ansah, lachte sie. »Dort gibt es einen berühmten Reitstall, Dummerchen. Und ich verrate dir ein Geheimnis ... ich werde bald mein eigenes Pony dort halten!«

»Wirklich?« Georgia konnte nicht anders, als eine Augenbraue zu heben. Joss liebte Ponys, das war nicht zu übersehen, doch sie schien nicht gerade viel Ahnung davon zu haben, wie man sich um sie kümmerte. Allerdings, musste Georgia zugeben, hatte sie anscheinend ziemlichen Erfolg als Schauspielerin, also konnte sie sich vielleicht bald eine ganze Reihe von Stallburschen leisten.

»Also«, fuhr Joss fort und hakte sich bei Georgia ein, während sie den Bereich mit den Ställen betraten. Melanie lud den Anhänger fertig aus, und Sophie war stehen geblieben, um sich mit einem alten Turnierfreund zu unterhalten. »Das Pony, das ich mir ausgesucht habe, ist auch hier! Es wird morgen am Turnier teilnehmen, genau wie du. Ich habe es schon gekauft!« Georgia sah sie verblüfft an. Es war wirklich eine andere Welt, in der man einfach so ein Pony kaufen konnte, und dazu noch ein erstklassiges Turnierpony. Georgia lächelte schwach.

»Du musst unbedingt kommen und es dir ansehen, wenn das Turnier vorbei ist. Es wird dir gefallen, Georgia«, sagte Joss und verabschiedete sich bereits mit einem Winken. »Es ist ein Palomino, genau wie Lily. Ich wollte ein Pony, das genauso ist wie sie!«

Kapitel elf

Auch wenn Georgia neugierig auf das Pony war, das Joss gekauft hatte, blieb ihr jedoch kaum Zeit, um darüber nachzudenken. Es gab so viel zu tun, einschließlich Lilys Box im Stall einzurichten und die Putzkiste mit dem Zaumzeug und Putzzeug über den – wie es ihr vorkam – weit entfernten Parkplatz zum Stall zu schleppen. Sophie war in ihrem Element, sie raste umher und begrüßte andere Reiter. In ihren Ferien ritt sie immer noch zu Hause auf Wilson, doch sie nahm kaum noch an Turnieren teil und genoss es jetzt, nicht mehr unter dem Druck zu stehen, selbst zu reiten. Georgia war aber stets dankbar, wenn Sophie sie zu Turnieren begleitete, weil sie so erfahren und nett war, genau wie Melanie.

Melanie war so ruhig wie immer. Lächelnd legte sie Georgia eine Hand auf die Schulter. »Bist du bereit?«, fragte sie freundlich, und Georgia nickte. Das stimmte, auch wenn sie es immer noch nicht glauben konnte, dass sie an diesem berühmten Weihnachtsturnier teilnahm. Später, als sie beim Aufwärmen war, entspannte sie sich jedoch völlig, da Lily überhaupt nicht auf die Glitzerdekoration in der Arena achtete. Sie ignorierte auch andere Ponys in ihrer Nähe, die unter der unruhigen Atmosphäre und dem Echo der riesigen Halle die Augen verdrehten und mit nervös zuckender Halsmuskulatur seitlich auswichen.

Beim Abkühlen am lockeren Zügel fiel Georgia wieder ein, was Joss von ihrem neuen Pony erzählt hatte, und sie musterte neugierig verschiedene Tiere, um vielleicht zu erraten, welches Pony Joss wohl gekauft hatte. Es gab eine hübsche Waliser-Stute und einen gediegenen Shetland-Hengst, beide waren Palominos, doch vermutlich zu klein, selbst für die zierliche Joss. Dann bemerkte sie plötzlich aus dem Augenwinkel, dass ein wunderschöner gedrungener Waliser-Hengst die Arena betrat. Das Pony musste seine Größe betreffend am oberen Ende der Skala sein, seine feurige Präsenz war eindrucksvoll. Georgia beobachtete, wie es zu einem starken Trab ansetzte. Dieses Tier war offensichtlich sehr kräftig, und seine Reiterin musste darum kämpfen, seine Begeisterung zu zügeln. Als das Pony an Georgia vorbeidonnerte, meinte sie fast zu spüren, wie der Boden bebte. Sie erkannte das Mädchen auf dem Palomino, es war eine Turnierreiterin, die berufsmäßig für verschiedene namhafte Gestüte ritt und wahrscheinlich Anfang zwanzig war. Selbst sie hatte mit diesem

Pony zu kämpfen! Doch es war jetzt keine Zeit, um zu spekulieren. Nachdem Melanie sich überzeugt hatte, dass es Lily in ihrer neuen Umgebung rundum gutging, war es Zeit, sie in ihre vorübergehende Box zu bringen, deren Türe Sophie mit Goldflitter dekoriert hatte.

»Unsere Olympia-Tradition.« Sie blinzelte Georgia zu, und zum wohl tausendsten Mal dachte Georgia, wie viel Glück sie doch hatte, dass Redgrove ihr zweites Zuhause geworden war.

Später, zusammengerollt in ihrem Bett im Hotelzimmer, das sie mit Sophie teilte, sah Georgia auf ihr Handy. Eine Nachricht mit guten Wünschen von Emma, die am nächsten Morgen mit dem organisierten Bus des Ponyclubs käme, und von Daniel, der ihr schrieb, dass er es rechtzeitig zu ihrem Auftritt schaffen würde. Er musste am Morgen noch arbeiten, weshalb sein Vater auch versprochen hatte, ihn am Bahnhof abzusetzen, damit er so schnell wie möglich nach London kam. Die Nachricht war erst vor kurzem abgeschickt worden, also antwortete sie sofort darauf:

Kann es kaum erwarten, dich morgen zu sehen X

Doch sie erhielt keine Antwort. Seufzend legte sie ihr Handy auf den kleinen Tisch neben ihrem Bett, zog sich das Kissen über den Kopf, um den Verkehrslärm von

London abzuschirmen, der hereindrang, und schlief tief und fest ein.

Am nächsten Morgen, als sie um sechs Uhr im Aufwärmbereich einen Galopp ritt, fand Georgia alles ziemlich unwirklich. Lily war so entspannt wie eh und je, während Georgia sich auf ihre Übergänge konzentrierte und unter Melanies wachsamen Augen ihre Einzeldarbietung übte. Mit einem kurzen Blick auf ihre Uhr hoffte Georgia, dass Daniel den Frühzug erwischt hatte. Wenn ja, sollte er es gerade noch rechtzeitig zu ihrem Auftritt schaffen. Anders als beim *Pferd des Jahres*, als Daniel als offizieller Helfer in die Arena gekommen war, würde heute Melanie vorsorglich diese Pflicht übernehmen – damit Georgia sich keine Sorgen machen musste, falls der Zug Verspätung hatte. Georgia war einfach nur froh, dass Daniel wenigstens noch als Zuschauer kam, und hoffte, er würde problemlos zu seinem Platz finden, denn ohne offiziellen Mitarbeiterausweis konnte er nicht wie sonst vom Bereich der Teilnehmer aus zusehen. Es würde sicher merkwürdig sein, wenn er nicht an ihrer Seite war.

»Frühstück?«, fragte Sophie mit einem Grinsen, als Georgia Lily wieder in ihren Stall gebracht hatte und abzäumte. Nachdem sie Lily beim Aufwärmen bereits geritten hatte, war Georgia jetzt zwar nicht mehr richtig nervös, aber ihr war noch etwas flau im Magen – etwa so, wie wenn man in aller Frühe aufstehen musste, um in Urlaub zu fahren. Sophie verzehrte gerade ein riesiges Schinkenbrötchen mit viel Ketchup. Der Geruch, den Georgia normalerweise mochte, löste im Augenblick eher ein Gefühl der Übelkeit aus. Sie schüttelte den Kopf und biss die Zähne zusammen. Sophie musste lachen. »Ausnahmsweise kann ich mich jetzt mal entspannen und einfach nur zusehen!«, sagte sie fröhlich. »Ich kaufe dir später jede Menge zu essen, wenn du fertig bist. Dann wirst du es brauchen!«

Sophie hatte recht. Georgias Magen knurrte, als sie aufsaß, um in die Hauptarena zu reiten. Tja, nun war es zu spät, etwas zu essen. Sie musste warten, bis sie fertig war. Sie beugte sich vor und tätschelte Lily mit ihrer behandschuhten Hand, dabei erinnerte sie sich daran, wie sie die Handschuhe damals vor dem Turnier *Pferd des Jahres* zusammen mit Melanie gekauft hatte. Damals hatten sie ihr Glück gebracht. Und heute? Der Moderator stachelte die Menge zu Begeisterungsstürmen an, und die Ponys vor Georgia tänzelten nervös, als die Reiter aufgerufen wurden.

Die Exmoors, Dartmoors und Shetlands waren zur vorherigen Beurteilung bereits in der Arena gewesen. Vor den großen Züchtungen waren jetzt die Waliser Ponys an der Reihe. Später würden dann alle wieder zur Platzierung zurückkommen. Diesen Ablauf kannte Georgia in- und auswendig, da sie Sophie in der Vergangenheit schon oft genug zugesehen hatte.

»Viel Glück!«

Georgia drehte sich um und lächelte, als sie die vertrauten Stimmen hörte. Will und sein Bruder Jasper winkten ihr zu, die Daumen hochgereckt. Sie hatte keine Ahnung, wie die beiden es geschafft hatten, in den Bereich für die Reiter zu kommen, aber wahrscheinlich lag es daran, dass Jasper vor nicht allzu langer Zeit selbst ein berühmter Reiter gewesen war. Wie auch immer sie es geschafft hatten, Georgia freute sich, sie zu sehen.

Der eigentliche Show-Teil verlief genauso wie bei den anderen Veranstaltungen, die Georgia absolviert hatte – eine Runde mit den anderen Ponys, eine Einzelvorführung und eine Aufstellung vor der Jury. Das Gleiche wie bei jedem anderen Reitwettbewerb, bis auf die riesigen Zuschauermengen und die allgegenwärtigen Weihnachtsdekorationen. Und die Tatsache natürlich, dass sie in einer der berühmtesten Reithallen der Welt galoppierte! Georgia versuchte, nicht zu sehr daran zu denken, stattdessen konzentrierte sie sich darauf, Lily von ihrer besten Seite zu präsentieren. Ihr inzwischen schon bekannter, typischer starker Trab wurde mit begeistertem Jubel aufgenommen, sehr zu Georgias Freude, und auch die restliche Darbietung verlief perfekt, selbst ihr Schwachpunkt, der Übergang zum Mitteltrab auf der rechten Hand, glückte. Lily zeigte sich im Licht der Arena von ihrer allerbesten Seite. Es schien beinahe, als wäre ihre Vorführung umso besser, je größer die Zuschauermenge war. Georgia hoffte, dass Daniel es irgendwie geschafft hatte, seinen Platz zu finden und zuzusehen, denn sie wusste, dass sie gerade die beste Vorstellung geliefert hatte, die sie je abgegeben hatte. Melanie dachte das anscheinend ebenfalls. Sie strahlte übers ganze Gesicht, als Georgia auf Lily aus der Arena ritt, und als sie Lilys Zaum fasste, standen Glückstränen in ihren Augen. Mel liebte das kleine Palomino genauso sehr wie Georgia es tat!

»Wunderbar, super, perfekt«, lobte sie gerührt, und tätschelte sie immer und immer wieder. Doch dann, als Mel einen Blick auf Georgias blasses Gesicht warf, befahl sie ihr, zu den Verkaufsständen zu gehen und sich vor der Preisverleihung endlich ein Frühstück zu holen.

Georgia protestierte und wandte ein, dass es ihr bestens ging, aber Melanie bestand darauf, sich selbst zusammen mit Sophie um Lily zu kümmern. So beschloss Georgia nachzusehen, ob Dan gekommen war und ob sie ihn vielleicht auch in den Bereich der Reiter schleusen konnte, wie Jasper und Will es gemacht hatten. Irgendwie war es ohne ihn an ihrer Seite einfach nicht das Gleiche. Sie wollte zu seinem Platz gehen, der sich, wie sie wusste, in dem billigeren Abschnitt in der Nähe der Essensstände befand. Sie schlängelte sich durch die Menschenmenge zu den Verkaufsständen und wollte gerade zu den Sitzplätzen abbiegen, als ihr eine höchst vertraute Gestalt ins Auge fiel, die in einem der vielen Cafés neben dem Ring saß. Der Junge lachte, den Kopf einem umwerfend hübschen Mädchen zugeneigt. Sie hatte ihre Hand auf seinem Arm und legte kichernd ihren Kopf in den Nacken, als ob sie gemeinsam über etwas lachten. Joss und Dan!

Georgia sank das Herz in die Hose. Sie entschied, auf keinen Fall in ihre Nähe zu gehen. Vielleicht würden die beiden sie gar nicht bemerken. Sie drehte sich um und wollte wieder in der Menge verschwinden, zurück in Lilys vertraute Nähe, als sie hörte, wie ihr Name gerufen wurde. Es war Joss, und sie winkte Georgia wie verrückt zu. Georgia hatte keine andere Wahl, als mit geröteten Wangen zu ihnen hinüberzugehen. Daniel sah ein wenig verlegen drein und zog seinen Arm unter Joss' Hand weg. »Hallo, Georgia«, begrüßte er sie lächelnd. »Wie lief es denn?«

»Gut.« Georgia blickte Daniel fragend an, und er hob entschuldigend die Hände.

»Tut mir leid, Georgia, mein Zug hatte Verspätung. Dann wusste ich nicht, welche U-Bahn ich nehmen musste, und ich konnte dich ja auch nicht gut anrufen. Aber zum Glück kam Joss zu meiner Rettung.«

Joss strahlte daraufhin. »London ist für mich kein Problem«, zwitscherte sie mit ihrer glockenhellen Stimme. »Es war so lustig zu sehen, wie du an dieser Ticketschranke festhingst, Dan!«

Die beiden brachen wieder in lautes Gelächter aus und plauderten über ein anderes gemeinsames Erlebnis, während Georgia dasaß und sich wie das fünfte Rad am Wagen fühlte. Ihr war der Appetit völlig vergangen. Mit einem schwachen Lächeln stand sie auf.

»Also«, sagte sie und drehte sich um. »Ich muss weiter, bald ist schon die Preisverleihung.«

»Da werde ich zusehen«, versprach Daniel. »Und, Georgia … es tut mir wirklich leid, dass ich deine Vorführung verpasst habe.«

Er klang, als meinte er es ernst, und Georgia wollte gerade antworten, als Joss sich strahlend wieder einmischte. »Ich komme später auch zu den Ställen. Ich möchte mein neues Pony sehen. Außerdem muss ich dir etwas Tolles erzählen!«

Georgia kehrte so schnell wie möglich zu den Ställen zurück, und jeglicher Gedanke an ein Frühstück war vergessen, denn sie fragte sich, was Joss wohl gemeint hatte. So sehr sie es auch versuchte, sie konnte das Bild, wie Joss und Daniel kichernd zusammengesessen hatten, nicht aus ihrem Kopf bekommen.

Kapitel zwölf

Georgia hatte keine Zeit, sich weiter um ihre verletzten Gefühle zu kümmern. Die Pause zwischen den Vorführungen und der Preisverleihung war wie im Fluge vergangen, unterbrochen von einer Darbietung eines Stunt-Teams auf Pferden, bei der die Zuschauermenge begeistert geklatscht und gejohlt hatte. Im Handumdrehen musste Georgia dann auch schon wieder für die Preisverleihung aufsitzen. Wegen des offiziellen Anlasses trug sie Sophies abgelegtes blaues Jackett und eine schneeweiße Halsbinde, statt ihrer normalen Tweedjacke mit einer Krawatte. Sophie hatte ihr die blonde Haarmähne zu einem Knoten zusammengebunden, und ihre silberne Glücksbringernadel funkelte am Revers. Melanie machte einen Schritt zurück und musterte Georgia, die gerade ihre Handschuhe anzog, bevor sie aufsaß.

»Meine Güte«, sagte Melanie stolz. »Du siehst ja richtig erwachsen aus.«

Georgia lächelte und dachte an das erste Mal, als ihre

Mutter sie nach Redgrove mitgenommen hatte. Damals war es ein Traum gewesen, einfach nur in der Nähe von Ponys sein zu dürfen, und jetzt war sie hier und ritt bei einem der berühmtesten Turniere im Land! Wenn Daniel wirklich etwas für Joss übrig hatte ... dann hatte sie zumindest immer noch Lily und die anderen Ponys.

Sophie holte einen kleinen Spiegel aus ihrer Handtasche und hielt ihn hoch, so dass Georgia ihr Spiegelbild sehen konnte. Mit ihrem zusammengebundenen blonden Haar und der schneeweißen Halsbinde sah sie – sie wagte es kaum zu denken – tatsächlich irgendwie weltgewandt aus. Mit diesem frisch angekurbelten Selbstbewusstsein nahm sie ihre Zügel und hielt den Kopf hoch.

Als Georgia mit Lily hinter den anderen in die Hauptarena hereintrabte, war die Atmosphäre vor Spannung geladen. Sämtliche Zuschauerplätze waren besetzt, alle warteten gebannt auf die Ergebnisse. Georgia ritt an der langen Seite der Arena entlang und versuchte, sich ganz auf Lilys Schritt zu konzentrieren. Da wurde ihre Aufmerksamkeit auf die Logen über den Sitzreihen gelenkt. Von dort kam ein besonders begeistertes Winken und Johlen, und als Georgia aufblickte, sah sie Emma und Dan wie verrückt klatschen. Ihr Herz machte einen kleinen Sprung, bevor ihr klarwurde, dass Joss ebenfalls bei ihnen war, strahlend zu Dan aufsah und sich überhaupt nicht für die Ponys interessierte. Georgia biss die Zähne zusammen. Konzentrier dich, befahl sie sich streng. Dies war wahrscheinlich der größte Moment ihrer Reitkarriere, und sie wollte auf keinen Fall abgelenkt werden. Zum Glück habe ich Lily, dachte sie und kraulte die kleine Stute auf dem Widerrist, während sie ihren Platz zwischen den anderen Reitern in der Reihe einnahm.

Die Ponys wurden in umgekehrter Reihenfolge ab dem zehnten Platz aufwärts aufgerufen, wobei auch jeweils die beste Zucht genannt wurde. Alice Smalley jubelte voller Freude, als sie mit Lachlan den siebten Platz belegte.

Georgia grinste sie an. Alice war so tapfer, dass sie nach ihrem Unfall jetzt wieder ritt und dabei sogar beim Wettbewerb der Besten teilnahm. Am Beifall der Zuschauer wurde erkenntlich, dass dies auch honoriert wurde. Als der Moderator, ein Mann im Smoking mit einem Mikrophon in der Hand, zu den letzten drei Bestplatzierten kam, merkte Georgia, wie ihre Spannung wuchs, als ihr klarwurde, dass die beste Zucht im Bereich ihrer eigenen Leistungsklasse immer noch nicht genannt worden war. Das bedeutete, ein Pony aus ihrer Klasse musste in die Top drei gekommen sein. Als der Name des drittplatzierten Ponys – ein schöner Dartmoor-Hengst – aufgerufen wurde, hielt Georgia nun doch die Luft an. Melanie hatte ihr zwar gesagt, dass Lily besser als je ausgesehen hatte, aber beim Turnier in der Olympia Grand Hall zu gewinnen? Georgia wagte kaum mehr Luft zu holen. Der Titel des Vizemeisters ging an ein wunderschönes graues Connemara, dessen Reiter sich nach vorne beugte, um sein Pony immer und immer wieder zu umarmen. Es gab eine dramatische Pause, bevor der erste Platz bekanntgegeben wurde. »Und unser Olympia Meistertitel geht dieses Jahr an … Carlamu Lily und Miss Georgia Black!«

Die Zeit schien stillzustehen. Georgia spürte das Blut in ihren Ohren rauschen, und ihr Herz fühlte sich an, als wollte es ihr gleich aus der Brust springen. In den Zuschauerrängen wurde gejubelt. Die Palomino-Stute wurde begeistert als Gewinnerin angenommen, und alles, was Georgia tun konnte, war, im Sattel zu bleiben und Lily ganz fest zu umarmen, Tränen rannen über ihre Wangen. Sie hatte von dem Moment an, in dem sie Lily damals in den Hügeln von Wales gesehen hatte, gewusst, dass sie etwas Besonderes war, und jetzt bewies sie das der ganzen Welt des Reitsports. Als Georgia das Palomino nach vorne gehen ließ, um ihre Meisterschaftsrosette und die Schärpe entgegenzunehmen und sich Hunderten von Kameras zu präsentieren, konnte sie sich nicht vorstellen, dass dieser Moment je übertroffen werden könnte. Erst nachdem sie ihre Ehrenrunde gedreht hatte, fielen ihr ihre Freundinnen und Freunde ein, die zusahen. Sie blickte hoch zu der Loge, in der Daniel und Joss saßen, zu denen sich inzwischen auch Will und Jasper gesellt hatten, und merkte, wie es ihr einen Stoß in den Magen versetzte, zu sehen, wie Joss ihre Arme fest um Daniel gelegt hatte.

Eine begeisterte, tränenüberströmte Melanie kam ihr entgegen, als sie die Arena verließ. Melanie war so überwältigt von ihren Gefühlen, dass sie anfänglich gar nicht sprechen konnte und Lily und Georgia nur immer und immer wieder umarmte. Sophie war natürlich ebenfalls ganz aus dem Häuschen. Georgia hätte vor Stolz platzen können. Entschieden verdrängte sie die Gedanken an Daniel und Joss und konzentrierte sich stattdessen darauf, Lily abzuzäumen und abzureiben, bevor sie sich in der kalten Luft außerhalb der Arena verkühlte. Ständig blieben Leute stehen, um ihr zu gratulieren, und sie hatte das Gefühl, als müssten ihre Wangen bald schmerzen vor lauter Lächeln. Wenn der Pferdetransporter an diesem Abend zurück nach Redgrove fuhr, würde es eine sehr glückliche und fröhliche Fahrt sein.

Kapitel dreizehn

Georgias Freudentaumel wurde von Emma unterbrochen, die ihrer Freundin begeistert um den Hals fiel, bis sie gleich danach auch Lily umarmte.

»O mein Gott, Georgia, das war ja so toll!« Emma sprang voller Begeisterung auf und ab.

»Danke«, murmelte Georgia, unfähig, im Moment mehr als ein Wort herauszubringen. Sie war auf einmal völlig überwältigt – das frühe Aufstehen, der leere Magen, und jetzt der erste Platz, das machte sich plötzlich bemerkbar, und ihr wurde fast ein wenig schwindelig. Hinter Emma folgten Daniel und Joss. Daniel sah aus, als würde er sich aufrichtig freuen, doch Georgia konnte nicht anders, als zu bemerken, dass Joss eng an seiner Seite war und bewundernd zu ihm aufblickte.

Sie hängt an ihm wie eine Klette, dachte sie, und schüttelte dann aber gleich über sich selbst den Kopf, denn sie wusste, dass das nicht nett war.

»Super gemacht, Georgia«, gratulierte Daniel ihr herzlich, und Georgia bedankte sich, wich seinem Blick jedoch aus.

»Ihr könnt jetzt mein neues Pony kennenlernen!«, zwitscherte Joss. »Es hat heute den fünften Platz belegt!«

Georgia versuchte, sich an die anderen Ponys zu erinnern, und ihr wurde klar, dass das Pony, das Joss meinte, tatsächlich der kräftig aussehende Waliser-Hengst war, den sie im Warm-up-Bereich gesehen hatte. Sie runzelte die Stirn. Joss war ein Neuling im Reiten, und das Pony, von dem sie auch gleich erfuhr, dass es Topper hieß, sah aus, als sei es nicht so leicht zu handhaben. Sie hoffte nur, Joss hätte Hilfe auf einem guten Hof. Doch schon verkündete Joss weitere, unerwartete Neuigkeiten, die Georgia prompt den Atem verschlugen.

»Allllso«, sagte sie und klapperte mit ihren langen Wimpern. »Meine Reitschule im Hyde Park kann ihn erst im neuen Jahr nehmen. Und nachdem ich bis Weihnachten noch in der Nähe von Redgrove drehe und dann erst zurück nach London zu meiner Familie gehe …«

Georgia starrte sie an. Sie hatte plötzlich eine furchtbare Vorahnung und machte sich auf das Schlimmste gefasst. Joss erklärte weiter, dass ihr neues Pony an diesem Abend noch nach Redgrove gebracht würde und dann über die Weihnachtstage auf Seven Birches untergebracht wäre, einem exklusiven Reitstall zum

Einstellen von Pferden. Von diesem Hof war es nur ein fünfminütiger Fußweg zu Daniels Farm, wie Georgia wusste.

Kein Wunder, dass Joss so selbstzufrieden aussah. Georgia drehte sich zu Lily um, damit Daniel ihr nicht ansehen konnte, wie verletzt sie war, während sie eine Antwort murmelte und versuchte, unbefangen zu klingen. Tatsächlich war sie wirklich besorgt, dass das Pony, das Joss gekauft hatte, mehr war, als sie bewältigen konnte. Auch wenn es die gleiche Farbe hatte wie Lily, hatte es doch ein ganz anderes Temperament. Doch nachdem sie sah, wie Joss ständig Daniel anstrahlte, beschloss sie, nichts zu sagen. Obwohl sie gerade das größte Turnier ihres Lebens gewonnen hatte, fühlte es sich für Georgia so an, als sei die Sonne hinter einer Wolke verschwunden. Dann aber schüttelte sie alle Gedanken an Daniel und Joss ab und schlang stattdessen ihre Arme noch einmal fest um Lily. Heute ging es nur um ihre kleine Stute, und sie war das Einzige, worauf es ankam.

Als Lily schließlich wieder sicher in ihrer Box untergebracht war, und der Strom von Gratulanten nachgelassen hatte, erinnerte sich Georgia an Joss' Einladung, das restliche Turnier von ihrer Privatloge aus zu verfolgen. Sie hatte den Eindruck, dass Sophie – auch wenn sie, was Joss betraf, auf ihrer Seite war – dieses Angebot sehr gern wahrnehmen wollte. Da Melanie der Meinung war, dass Lily sich vor der Heimfahrt noch für eine Stunde ausruhen und in Ruhe ihr Futter verzehren sollte, hatten sie also noch etwas Zeit zur Verfügung.

»Komm schon.« Sophie schleifte ihre Freundin den Gang entlang zu den Logen, und unterwegs kamen sie an jeder Menge begeisterten und nach Ponys verrückten Mädchen und Jungen vorbei. Georgia fand sich bald in einer gepolsterten Loge wieder, von der aus man die ganze Arena überblicken konnte. Sophie hatte recht gehabt; es war etwas Besonderes, den Wettkampf von so hoch oben verfolgen zu können. Unter ihnen in der Arena war eben das Springreiten beendet worden, und die prämierten Gewinner – einschließlich drei aus der berühmten Whitaker-Familie – ritten auf großen Warmblütern ihre Ehrenrunde. Als die Gruppe von Helfern herbeieilte und den riesigen Bereich für die Weihnachtsparade vorbereitete, wurden die Lichter gedimmt, und ein aufgeregtes Murmeln ging durch die Menge. Georgia fing Daniels Blick auf, als sie zu ihm sah. Wie gern wäre sie jetzt zu ihm gegangen und hätte sich neben ihn gesetzt und alles mit ihm gemeinsam genossen – die Weihnachtslieder, die Pferde und die Ankunft des Weihnachtsmanns in seinem Schlitten, der von einem wunderschönen kastanienbraunen Pferd gezogen wurde. Doch die Anwesenheit von Joss, die nicht von seiner Seite wich, hielt sie davon ab.

Joss lächelte sie zwar an, doch Georgia entging nicht,

dass dieses Lächeln völlig aufgesetzt und ihr Blick kalt war. Ihr Gesichtsausdruck sagte deutlich: Bleib weg!, und als Georgia sich neben Sophie setzte, merkte sie, wie ihr Tränen in die Augen stiegen und sie kaum in der Lage war, sich auf die fröhlichen Darbietungen unter ihr zu konzentrieren.

Als die Menge den Refrain des traditionellen Weihnachtslieds mitsang, meinte sie, ihr Herz müsste zerspringen, und so verließ sie mit einer Entschuldigung die Loge und rannte geradewegs zurück zum Stall, wo sie sich neben ihrem geliebten Pony zusammenkauerte, während der Weihnachtstrubel ohne sie weiterging. Es schien, dass niemand, nicht einmal Emma, ihr Verschwinden bemerkte. Es war einer der glücklichsten Tage in Georgias Leben gewesen, denn sie hatte das Turnier in der Olympia Grand Hall gewonnen, aber gleichzeitig war es auch einer der schlimmsten. Wie kann das nur sein?, fragte sie sich und schüttelte verzweifelt den Kopf. Sie wusste, dass es zum Teil ihr eigener Fehler war – sie war stets davon ausgegangen, dass Daniel einfach immer für sie da war. Und jetzt wusste er gar nicht, wie viel er ihr bedeutete – und würde es vielleicht auch niemals erfahren.

»Du bist so still.« Melanie drehte sich zu Georgia um, als sie mit ihrem dunkelgrünen Transporter aus einer Tankstelle heraus- und zurück auf die Autobahn fuhr.

Sophie war bereits neben ihnen eingeschlafen, ihr blondes Haar mit den pinkfarbenen Strähnen unter der grauen Kapuze ihres Pullis verborgen. Lily hatte glücklich an ihrem Heu gekaut, als Georgia zuletzt nach ihr gesehen hatte, doch Georgia freute sich schon darauf, wenn sie Lily wieder nach Hause und in ihren eigenen Stall gebracht hatten.

»Nur müde«, antwortete Georgia, und das war auch nicht ganz falsch. Es war ein unglaublicher Tag gewesen, voll von so vielen Emotionen, und sie fühlte sich völlig ausgelaugt. Nachdem Daniel gekommen war, um sich zu verabschieden und ein paar verlegene Sätze mit ihr zu wechseln, war er aufgebrochen, um seinen Zug nach Hause zu bekommen, und Joss war mit ihm weggegangen. Es half nichts, Georgia musste versuchen, Daniel aus ihrem Kopf zu bekommen.

»Weißt du, du hast das heute wirklich toll gemacht, Georgia«, fuhr Melanie fort und wirkte nachdenklich. »Wir wussten immer, dass Lily ein großartiges Pony ist, aber du hast dir so viel Mühe mit ihr gegeben, und ihr Erfolg ist letztlich dir zu verdanken. Wer weiß, was sie noch alles erreichen kann.«

Georgia merkte, dass sie bei dem Kompliment rot wurde. Melanie hatte recht – die elfjährige Lily stammte von einem erstklassigen Stammbaum Waliser Ponys ab, aber sie hatte erst wieder lernen müssen, Menschen zu vertrauen, nachdem sie anfänglich von ihrer früheren

Reiterin so schlecht behandelt worden war. Vielleicht konnten sie sich nun auf etwas völlig Neues konzentrieren – wie vielleicht Dressurreiten.

Als sie am Ortseingang das Ortsschild von Redgrove passierten, streckte sich Georgia und dehnte ihre steifen, schmerzenden Beine. Die Straßen waren ruhig, und Frost überzog bereits die Felder, badete sie in Silber, was im Mondlicht fast unheimlich wirkte. Plötzlich stieß Melanie einen leisen Fluch aus, als ihnen ein Viehtransporter entgegenkam und den Pferdetransporter an den Straßenrand abdrängte. Sophie schreckte aus dem Schlaf hoch, und Melanie hob fragend die Hand in Richtung des Fahrers, als wollte sie von ihm wissen, was er sich da gedacht hatte. Der Fahrer des Lasters, ein verbeultes silberfarbenes Fahrzeug, fuhr einfach weiter, ohne auf Melanie zu achten, die daraufhin die Stirn runzelte.

»Sah mir nicht nach einem Farmer aus der Gegend aus«, murrte sie, doch der Zwischenfall war schnell vergessen, sobald sie in die Einfahrt von Redgrove Farm fuhren, wo Wilson, Callie und Santa freudig wieherten, als sie Lily wiedersahen. Zu Georgias Freude wartete ihre Mutter im Hof. Sie hatte wegen eines dringenden Arbeitstermins nicht nach London kommen können, hatte aber stattdessen ein riesiges Willkommensbanner an Lilys Stalltür gehängt und umarmte ihre Tochter immer wieder, als diese eine gleichermaßen müde Lily aus dem Anhänger führte. Nach all der Aufregung der letzten vierundzwanzig Stunden war Georgia einfach nur dankbar, ihre Mutter zu sehen und ein wenig Normalität einkehren zu lassen. Es war ein recht aufregender Dezember gewesen, mit der Ankunft von Joss und dem Drehen des Films und mit dem Olympia-Turnier. Alles, was Georgia jetzt wollte, war in ihren Schlafanzug zu schlüpfen und ihrer Mutter die Fotos vom Wettkampf zu zeigen … und ihren preisgekrönten Ritt immer und immer wieder nachzuerleben!

Kapitel vierzehn

»Da kommt ja die Heldin des diesjährigen Weihnachten!«, rief Will mit einem Grinsen Georgia zu, als sie am nächsten Morgen das Hoftor öffnete. Es war ein perfekter Wintertag, eiskalt, mit strahlendem Sonnenschein, der vom Schnee so stark reflektiert wurde, dass Georgia schon überlegte, ob sie wohl eine Sonnenbrille brauchte. Ihr fiel ein, wie sie Will damals kennengelernt und gedacht hatte, er sei sarkastisch und eingebildet, aber inzwischen erkannte sie die Herzlichkeit in seiner Stimme. Sie lächelte und tätschelte Lily, die prompt ihre Nase in ihre Handfläche schob. Obwohl Georgia selbst gestern so erschöpft gewesen war, hatte sie die vergangene Nacht kaum schlafen können. Bis zu den frühen Morgenstunden musste das Adrenalin durch ihren Körper geströmt sein. Sie hatte den krönenden Moment des Turniers mindestens hundertmal in ihrem Kopf abgespielt und sich unablässig durch die Fotos gescrollt, die Sophie mit Georgias Handy aufgenommen hatte. Alles kam ihr immer noch so unwirklich vor.

Doch da war auch noch ein nagender Schmerz in ihrem Hinterkopf, egal wie sehr sie versuchte, ihn auszublenden … Daniel!

Es war unübersehbar, dass Daniel etwas für Joss übrighatte und umgekehrt. Traurig dachte Georgia an all die Male, in denen Daniel ihr erklärt hatte, warum er sie anderen Mädchen vorzog – weil sie keine Angst vor harter Arbeit hatte, Tiere liebte und es genoss, draußen unterwegs zu sein. Doch jetzt war Joss aufgetaucht, und sie mochte nicht nur ebenfalls Ponys, sie war obendrein auch noch die strahlende Superversion eines normalen Mädchens, und damit konnte Georgia überhaupt nicht konkurrieren. Ihr wurde klar, dass sie und Daniel in den letzten eineinhalb Jahren nie wirklich über ihre Beziehung gesprochen, sondern die problemlose Freundschaft vorzogen hatten, die sich ganz von selbst zu ergeben schien. Aber nun war jemand anders auf der Bildfläche erschienen, und Georgia konnte gar nichts dagegen tun. Sie mochte im Augenblick zu den besten Reiterinnen des Landes gehören, aber diesen Wettstreit konnte sie dennoch nicht gewinnen.

»Erde an Georgia.« Will wedelte mit einer Hand vor ihrem Gesicht und holte sie so wieder zurück in die Wirklichkeit. Sie schüttelte den Kopf und lächelte schwach, versuchte, das Bild von Daniel und Joss, wie sie die Olympia Grand Hall zusammen verlassen hatten, aus ihrem Kopf zu verdrängen.

»Entschuldige, Will«, murmelte sie und holte Lilys Halfter, um die kleine Stute für einen wohlverdienten ruhigen Tag auf die Koppel zu bringen.

»Ich wollte dir nur von der Fuchsjagd erzählen«, sagte Will. »Wie viele Leute kommen und ... Georgia, alles in Ordnung mit dir?«

Will sah sie jetzt genauer an und bemerkte ihren traurigen Gesichtsausdruck und die dunklen Ringe unter ihren Augen.

Georgia nickte und fürchtete, in Tränen auszubrechen, wenn sie die Sache mit Daniel erklärte. »Ich bin nur müde«, murmelte sie. »Es war ein echt anstrengender Monat.«

Will schien mit ihrer Antwort zufrieden und tätschelte ihre Schulter, dann sprach er begeistert weiter über die bevorstehende Fuchsjagd.

Georgia nickte, lächelte an den richtigen Stellen und versuchte, sich auf das zu konzentrieren, was er sagte, aber in ihrem Inneren fühlte es sich so an, als ob ihr Herz entzweibräche.

Dennoch waren zumindest die Ponys eine Ablenkung. Nachdem Will sich nach der morgendlichen Arbeit verabschiedet hatte, blieb Georgia noch lange auf dem Hof und suchte sich kleine Arbeiten, die zu erledigen waren, oder verbrachte einfach nur Zeit mit den vier Ponys, besonders mit Lily, die anscheinend nichts dagegen hatte, ihr Heu zu mampfen, während Georgias Arm um ihren Hals lag. Melanie war mit Sophie und Simon unterwegs, um Weihnachtseinkäufe zu machen, und der Hof war friedlich und still.

Georgia wollte sich unbedingt weiter beschäftigen und nahm sich vor, oben auf der Koppel abzumisten – eine Arbeit, die sie sich normalerweise mit Will und Melanie teilte. Doch ohne die Möglichkeit, zu Daniel zu gehen und mit ihm Zeit zu verbringen, und bei der Aussicht, von Emma mit Fragen bombardiert zu werden, entschied Georgia, dass dies immer noch die bessere Alternative war.

Als Georgia eine Schubkarre zur oberen Koppel schob, von der aus man übers Tal blicken konnte, versuchte sie, nicht zu den mit Frost überzogenen Feldern zu schauen, die sich hinunter zu Daniels Farm erstreckten. Stattdessen konzentrierte sie sich auf die Arbeit und pickte die Pferdeäpfel vom Feld. Als sie bei der kahlen Weißdornhecke anhielt, von der aus man das ganze Tal überblicken konnte, machte sie eine kurze Verschnaufpause. Kein Wunder, dass sie immer hungrig war – die Arbeit mit Pferden war anstrengend!

Sie fasste die Griffe der Schubkarre und wollte gerade wieder zum Hof zurückkehren, als ein aufgeregtes Bellen ihre Aufmerksamkeit erregte. Als sie sich danach umblickte, sah sie einen Hund, einen Collie, der auf der unteren Wiese zusammengekauert im Gras saß. Er befand sich etwas abseits von dem öffentlichen Fußweg, der sich durch die Felder in Richtung Daniels Farm schlängelte. Georgia sah ihn sich genauer an, denn er kam ihr irgendwie bekannt vor. Sie wusste, dass sie den Hund schon einmal gesehen hatte – an Tiere erinnerte sich Georgia immer. Dann fiel es ihr auch schon wieder ein – es war der gleiche Collie, der sie damals durch die Heckscheibe des alten Landrovers heraus angegrinst hatte, als sie nach Lilys Filmszene von Redgrove aus nach Hause gelaufen war.

Ein langes, leises Pfeifen ertönte, und der Hund sprang auf und folgte mit weit ausholenden, flüssigen Bewegungen einem Mann am Rande des Wäldchens. Dieser beugte sich vor, um den Collie zu streicheln, bevor er seinen Weg fortsetzte. Nur einen Moment lang, beim Aufrichten, blickte der Mann geradewegs zu Georgia. Ohne dass sie es erklären konnte, lief ihr eine Gänsehaut über den Rücken. Schnell packte sie die Schubkarre fester und machte sich auf den Weg den Abhang hinunter in Richtung der sicheren Wärme der Sattelkammer. Als es ihr später am Nachmittag, nachdem sie im Hof fertig war, wieder einfiel, kam ihr der Gedanke, dass sie Daniel Bescheid geben sollte, dass sie jemand mit einem Hund abseits des Wegs gesichtet hatte. So etwas war bei all den jungen Lämmern nicht gerade ideal.

Zögernd überlegte sie, ob sie Daniel wohl besuchen sollte, wie sie es oft tat, wenn sie mit der Arbeit auf Redgrove fertig war. Eigentlich sprach ja nichts dagegen.

Daniel war immer noch ein guter Freund. Es war ihre Schuld, dass sie mehr hineininterpretiert hatte! Und für Georgia war klar, dass sie ihm vielleicht besser Bescheid gab, wenn sie etwas Verdächtiges in der Nähe der Farm bemerkt hatte.

Sie machte sich nun auf den Heimweg, und über das obere Feld kam sie bald zur Farm, begrüßte dabei Hattie und die zahmen Hühner. Als sie um die Ecke zum Haus kam, blieb sie unvermittelt stehen, als ein schönes Palomino seinen Kopf aus dem kleinen Stall neben dem Schafstall streckte. Secrets Stall.

Es war Joss' neues Pony, aber was tat es hier? Georgia sah sich um und hatte das Gefühl, das Blut müsste ihr in den Adern gefrieren, als sie Joss entdeckte, die eben mit Daniel aus dem Hofladen kam. Sie hatte den Kopf in den Nacken gelegt und lachte laut auf, während Ben, sein älterer Bruder, zu ihnen trat. Joss lächelte, als sie Georgia entdeckte – aber es war ein kühles, selbstgefälliges Lächeln.

»Oh, hallo Georgia!«, winkte sie und setzte ihre Reitkappe wieder auf.

»Hallo«, murrte Georgia und blickte danach zu Daniel.

»Joss hat sich auf ihrem Weg zurück zum Reiterhof verirrt«, erklärte Dan. »Sie hat hier angehalten, damit ich ihr die Richtung zeigen kann.«

Georgia hob eine Augenbraue. Seven Birches war

weniger als eine Meile entfernt und lag genau an der Straße. Sie bezweifelte stark, dass Joss sich auf dem Weg dorthin hatte verirren können.

»Und mir war so kalt, dass Daniel mich in den Hofladen zu einer heißen Schokolade eingeladen hat!«, strahlte Joss und sah ganz besonders selbstzufrieden aus, als sie Topper aus dem Stall führte.

Das brachte für Georgia das Fass zum Überlaufen. Die gemeinsame heiße Schokolade war etwas Besonderes zwischen ihr und Daniel, nicht zwischen ihm und Joss. Am liebsten hätte sie mit den Füßen aufgestampft wie ein Kleinkind, doch stattdessen starrte sie Joss nur kühl an.

Joss lächelte immer noch, als sie versuchte, wieder auf ihr großes Pony zu steigen. Es war offensichtlich unruhig, nachdem es in einem fremden Stall untergebracht worden war, und wollte einfach nicht still stehen, während Joss versuchte, ihren Fuß in den Steigbügel zu stecken.

Normalerweise wäre Georgia hinübergegangen und hätte den Zaum des Ponys gefasst, um es zu besänftigen und den Steigbügel zu halten, doch sie war so aufgebracht, dass sie stattdessen einen Schritt zur Seite machte, während Daniel und Ben versuchten, das Pony zu beruhigen. Georgia fiel erneut auf, dass Topper auf jeden Fall zu kräftig und ungestüm für eine unerfahrene Reiterin wie Joss war. Außerdem war es eine dumme Idee, ihn sofort, nachdem er in einem neuen Stall angekommen war, reiten zu wollen, aber sie hielt ihren Mund. Es war nicht ihr Problem, und ihr war auch nicht unbedingt danach zumute, Joss Ratschläge zu geben. Sobald Joss sich auf dem Pony entfernte, schnurstracks auf dem Weg nach Seven Birches, drehte Daniel sich zu Georgia.

»Tut mir leid, Georgia«, sagte er und wurde rot. »Sie ist einfach aufgetaucht.«

»Na klar«, erwiderte Georgia schneidend. Mit einer Ausrede machte sie kehrt und marschierte wieder die Einfahrt entlang zur Straße, denn sie wollte keine Minute länger bleiben.

Jeder Gedanke an den fremden Mann mit dem Hund war vergessen.

Kapitel fünfzehn

Als Georgia früh am Weihnachtsmorgen im Bett lag, einen Arm um Pip, die im Schlaf zuckte, ging ihr durch den Kopf, wie viel sie doch während des vergangenen Jahres erlebt und erreicht hatte. Die Zeit, die sie im Frühling auf dem Gestüt der Smalleys verbracht hatte, und ihre Entscheidung, Lilys Fohlen Secret dort bei Alice zu lassen, hatten großen Anteil daran. Dann hatte sie Lily sowohl für das Turnier *Pferd des Jahres* als auch für die *Olympia Horse Show* in London qualifiziert. Dadurch war ein Traum wahr geworden, der einzig durch den ersten Platz bei der *Olympia Horse Show* getoppt wurde. Eigentlich hätte sie sich wie die Königin der Welt fühlen sollen, doch stattdessen hätte sie sich am liebsten ihre Wut von der Seele geschrien. Warum nur hatte sie Daniel nichts von ihren Gefühlen für ihn gesagt, als sie noch die Gelegenheit dazu gehabt hatte?

Mit einem Seufzer schlug sie ihre Zudecke zurück, stand auf und lief barfuß zum Fenster, von wo sie im

Licht der Dämmerung in den Garten blickte. Im Schatten lagen noch kleine Schneereste, die Sonne begann gerade im Osten aufzugehen und warf einen rosa Schein über die Bäume. Es sah trotz Sonnenschein so aus, als sei es bitterkalt, und Georgia beschloss, unter ihrer Reithose ihre Thermounterwäsche zu tragen. Zumindest war ihre Tweedjacke warm und sah obendrein gut aus. Ihre Mutter, noch im Morgenmantel, war bereits in der Küche und rührte Honig in eine Schüssel mit heißer Milch und Haferflocken.

»Ich dachte, du brauchst vielleicht etwas Warmes, bevor du reiten gehst.« Sie lächelte ihre Tochter an, und Georgia aß dankbar die Haferflocken, während ihre Mutter neben ihr saß und Ralphy, ihre getigerte Katze, streichelte, die faul neben dem Tisch lag. »Gehen denn alle deine Freundinnen und Freunde heute zur Fuchsjagd?«, wollte Mrs Black wissen, und Georgia nickte zwischen zwei Löffeln.

»Ja, Sophie und Will und Harry ...« Erstaunlicherweise zählte Harry inzwischen eigentlich auch zu ihren Freunden. Ihre Mutter hob eine Augenbraue. »Daniel kommt nicht?«, fragte sie so beiläufig wie möglich und merkte, dass Georgia sofort rot wurde.

»Denke schon«, erwiderte sie undeutlich. »Wenn er mit der Arbeit auf der Farm fertig ist.«

Bei Georgias verschlossenem Gesichtsausdruck entschied sich Mrs Black dafür, nicht weiter nachzufragen, sondern machte sich selbst eine Thermoskanne mit heißem Tee, da sie bei der Jagd zusehen wollte.

Als Georgia in Redgrove ankam, wartete Sophie schon im Hof auf sie. Sophie konnte sich gar nicht entscheiden, worüber sie sich am meisten freute – Wilson bei der Fuchsjagd zu reiten oder über die Ponyclub-Party, zu der sie später noch gehen wollte, aber auf jeden Fall sprudelte sie nur so vor Begeisterung, während sie und Georgia die Boxen der Ponys ausmisteten. Georgia lächelte, und es ging ihr durch den Kopf, dass Sophie wirklich wie die große Schwester für sie war, die sie nie gehabt hatte. Callie, das einzige Pony, das nicht an der Jagd teilnahm, sah interessiert zu, als die Mädchen, die bald Verstärkung durch Will bekamen, sich daranmachten, die Ponys vorzubereiten.

Als walisisches Pony der Sektion B bekam Lily nicht die Mähne geflochten, sondern ging ganz natürlich an den Start, also nahm sich Georgia die Zeit, ihre elfenbeinfarbene Mähne zu kämmen und ihren ganzen Körper zu striegeln, bis ihr Fell glänzte. Zum Schluss gab ein Tupfer Huföl ihren zierlichen Füßen zusätzlichen Glanz.

Als alle drei Ponys schließlich fertig waren, Santas und Wilsons dunkelbraune Mähnen ordentlich geflochten waren und alle drei Ponys glänzten, zäumte das Trio auf, und jeder schwang sich in den Sattel. Die drei gaben einen atemberaubenden Anblick ab, als sie vom

Gelände der Farm ritten. Melanie kam noch aus dem Haus, um sie mit einem Winken zu verabschieden und Fotos zu machen.

»Habt viel Spaß!«, rief Melanie stolz. »Habt ihr eure Handys, für den Fall, dass ich euch holen muss?«

»Ja!«, riefen sie alle drei im Chor, während die Ponys losliefen und anscheinend spürten, dass etwas Aufregendes und nicht nur ein normaler Ausritt auf sie wartete.

Sie gaben wirklich einen phantastischen Anblick ab, wie sie durch den Ort ritten, den Leuten, die ihre Hunde Gassi führten, einen Morgengruß zuriefen und sich bei den Autofahrern bedankten, die sie passieren ließen. Zum ersten Mal seit einigen Tagen fühlte sich Georgia wieder besser. Lily war voller Tatendrang und preschte zwischen den beiden größeren Ponys die Straße entlang. Melanie hatte recht gehabt, eine Abwechslung von der Turnierwelt tat Lily gut, und Georgia fühlte sich ebenfalls besser, da sie endlich nicht mehr an Daniel denken musste.

Das Treffen zur Fuchsjagd fand an einem alten Herrenhaus außerhalb von Redgrove statt, das der früheren Bezirksvorsitzenden des Round-Barrow-Ponyclubs gehörte.

»Sie kann einem noch mehr Angst einjagen als Janey!«, hatte Sophie mit einem Kichern gemeint.

Jasper, der seine neue Rolle als Lehrer im Ponyclub genoss, hatte es mit seinem Charme geschafft, von der älteren Dame und ihrem Mann die Zustimmung zu bekommen, dass sie auf deren Gelände die Fuchsjagd abhalten durften. Von der Anzahl der Pferdeanhänger und Transporter auf dem Feld zu schließen, hatte er ausgezeichnete Arbeit geleistet, indem er all die jungen Reiter in der Gegend zur Teilnahme ermutigt hatte, dazu auch andere Ponyclubs, und alle unterhielten sich begeistert über die bevorstehende Jagd und die nachher stattfindende Party.

Georgia hatte Emma dazu überreden wollen, auf dem Pony der Reitschule mitzureiten, doch diese hatte gutgelaunt abgelehnt. Sie zog es vor, sich stattdessen am warmen Kaminfeuer Weihnachtsfilme anzusehen. Nicht einmal die Aussicht, mit Will an ihrer Seite zu reiten, hatte sie heute zur Teilnahme bewegen können. Allerdings hatte sie Georgia versprochen, zur Party zu kommen, die hinterher stattfinden sollte.

Georgia blickte zum Himmel, dessen niedrig hängende Wolken purpurfarbene Ränder zeigten, die Schnee ankündigten, und wusste genau, dass sie selbst stets lieber draußen auf Lily unterwegs wäre, statt am warmen Feuer zu sitzen, auch wenn ihre Füße in den Reitstiefeln bereits halb erfroren waren. Lily tänzelte ein wenig zur Seite und warf den Kopf, während sie die große Zahl von Ponys und Reitern vor sich beäugte. Die Atmosphäre hatte auf alle Ponys von Redgrove Farm ihre Auswirkungen. Selbst der unerschütterliche alte Wilson blähte aufgeregt die Nüstern, besonders, als der Reiter eines wunderschönen Braunen vorbeiritt, flankiert von einem Pack bellender schwarzbrauner Jagdhunde, die übermütig herumtollten und sich vergnügt im nassen Gras wälzten.

Jasper sprach jetzt mit einem der älteren Clubmitglieder, der einer der schnellsten Querfeldeinläufer im ganzen Landkreis war. Georgia beobachtete voller Interesse seine Dehnungsübungen, bevor er in zügigem Tempo über die offene Parklandschaft rannte, welche das Herrenhaus umgab, und im dahinter liegenden Wald verschwand. Sie wusste, nach einem kleinen Vorsprung würden sie seiner Spur folgen.

Lily, die nach ihrem Sieg bei der *Olympia Horse Show* unter den Mitgliedern des Ponyclubs inzwischen eine gewisse Berühmtheit genoss, wurde von vielen Reitern gestreichelt und gelobt. Georgia ließ ihre Blicke über die Menge von Leuten schweifen und entdeckte ihre Mutter, die stolz winkte, und lächelte. Mrs Black war zwar keine Pferdenärrin, aber sie unterstützte Georgia, wo sie nur konnte, und mochte Lily auch sehr.

»Uhh, schau mal nach links«, zischte Will plötzlich, und als Georgia sich umdrehte, blieb ihr der Mund offen stehen. Joss kam auf Topper die Einfahrt hochgeritten. Ihr Pony wirkte übermäßig unruhig und aufgeregt, und sein breiter Hals war bereits schweißbedeckt. Joss klammerte sich an einen Halsriemen, schaffte es aber trotzdem irgendwie, gelassen und elegant auszusehen.

Daniel folgte ihr zu Fuß. Er winkte der Gruppe zu und lief zu ihnen herüber.

»Also ehrlich«, meinte Will abfällig, als sie noch nicht in Hörweite waren. »Dieses Mädchen kapiert es einfach nicht, oder?«

»Was kapiert sie denn nicht?« Georgia sah Will an, und er lachte.

»Ach, komm schon, Georgia, sie mag zwar ganz verrückt nach Dan sein, aber ...« Er kam nicht dazu, den Satz zu beenden, da Joss und Topper plötzlich mitten in die Gruppe stürmten. Das große Pony verursachte heftige Unruhe zwischen den Ponys von Redgrove, als er stark hin und her tänzelte, sie anrempelte und seinen großen schönen Kopf nach hinten warf.

»Top-per!« Joss klang leicht atemlos und nervös, während sie sich bemühte, die Kontrolle über den großen Waliser zu behalten. Ihre Unerfahrenheit zeigte jedoch Auswirkungen auf ihr neues Pony.

»Ich hätte nicht gedacht, dass du heute hier wärst«, sagte Georgia stirnrunzelnd und klang feindseliger, als sie es beabsichtigt hatte. Joss lachte, wurde jedoch gleich darauf leichenblass, weil Topper einen Satz nach vorne machte.

»Ich fahre erst heute Abend zurück zu meiner Familie nach London«, erklärte sie. »Daniel hat mir von dieser Fuchsjagd erzählt, und ich dachte, das könnte Spaß machen!« Sie lächelte zu Daniel hinunter, der inzwischen auch bei der Gruppe angelangt war. »Er war während meines Aufenthalts hier immer so nett zu mir.«

Georgia bemerkte, dass Daniel bei dieser Bemerkung errötete und sich umdrehte, um zu Georgia zu blicken. Doch genau in diesem Moment gab der Anführer der Gruppe das Signal für die jungen Reiter, ihm durch das Tor hinaus und in das Gelände hinter dem Herrenhaus zu folgen. Die Ponys drängten mit hochgestellten Ohren und unter Adrenalin voller Eifer nach vorn. Die weihnachtliche Fuchsjagd des Ponyclubs war eröffnet!

Kapitel sechzehn

Georgia blickte sich um, als Lily neben den anderen Ponys in einen gleichmäßigen Trab fiel, und sah Daniel, der, wie sie wusste, den restlichen Nachmittag helfen würde, das Gelände mit den Pferdeanhängern zu betreuen. Sie überlegte, was Will wohl über Joss hatte sagen wollen. Sie durfte nicht vergessen, ihn später danach zu fragen. Aber jetzt wollte sie sich erst einmal darauf konzentrieren, Lily zurückzuhalten. Die Aufregung, zusammen mit mindestens dreißig anderen Ponys draußen im Freien unterwegs zu sein, gab Lily Auftrieb, und sie schien sich topfit zu fühlen!

Georgia war froh, dass Lily sich so gut benahm; ein oder zwei Reiter aus dem Ponyclub hatten bereits umkehren müssen, weil deren Ponys völlig außer Kontrolle waren. Jasper, der an der Spitze ritt, achtete darauf, dass die Gruppe ein gleichmäßiges Tempo beibehielt. Rechts und links von Georgia galoppierten Wilson und Santa mit hochgestellten Ohren, Sophie und Will grinsten von einem Ohr zum anderen. Genau darum geht es beim Reiten, dachte Georgia. Draußen im offenen Gelände mit deinen Freunden unterwegs sein! Wenn Joss nicht noch plötzlich aufgetaucht wäre, alles wäre absolut perfekt.

Topper, der ein Stückchen hinter der Gruppe war, brach immer wieder seitlich aus und warf frustriert den Kopf, weil ihm nicht erlaubt wurde, mit voller Geschwindigkeit loszugaloppieren. Er sah aus, als sei er wirklich recht schwer zu zähmen, und einen Moment lang überlegte Georgia, ob sie wohl zurückbleiben und aufpassen sollte, ob Joss mit dem kräftigen Wallach zurechtkam. Dann fiel ihr jedoch wieder ein, wie sehr sie sich über Joss geärgert hatte, und sie ritt weiter. Bald waren sie weit draußen in der offenen Parklandschaft hinter dem Herrenhaus, und das gesamte Reiterfeld ritt in kontrolliertem Galopp los. Als die kalte Luft Georgia entgegenschlug und in ihren Augen brannte, und ihre Wangen vor Kälte fast taub waren, lachte sie laut auf. Will hatte absolut recht gehabt – Lily genoss diesen Ausritt, und nach all ihrer Arbeit für die Turniere war es für sie eine richtige Belohnung, wenn sie mit langen, eleganten Schritten durch die Landschaft sausen konnte, wie es ihr gefiel.

»Oh … oh, Hilfe!« Plötzlich hörte Georgia einen Schrei hinter sich, als die Reitergruppe oben auf dem Hügel anhielt.

Georgia drehte sich um und bemerkte, dass Topper

regelrecht sprang und Joss sich mit all ihrer Kraft an seiner hellen Mähne und dem Nackenriemen festhalten musste.

»Alles okay?«, rief Will ihr zu, und Joss lachte, doch Georgia bemerkte einen nervösen Unterton.

»Bestens!«, antwortete Joss. »Er ist nur ziemlich temperamentvoll!«

Will drehte sich zu Georgia und fragte leise: »Meinst du, ich sollte mit ihr umkehren?« Georgia zuckte mit den Schultern. Wenn Joss auf ihrem großen Pony dabei sein wollte, war es ihre Entscheidung. Dennoch kämpfte Georgia mit ihrem Gewissen, denn instinktiv wollte sie Reitkameraden stets helfen.

Doch noch bevor Will eine Entscheidung treffen konnte, ritt die Gruppe wieder los, sie schwärmten im Tal aus und übersprangen dabei kleine Hindernisse, die vorher dort platziert worden waren. Georgia hatte das Gefühl, als hätte Lily nie mehr Energie und Kampfgeist besessen als jetzt, und so machte Georgia sich im Sattel leicht, indem sie sich nach vorne beugte wie eine Geländereiterin und nur noch ganz leichten Kontakt mit Lilys Maul hielt. Jetzt, da die anfängliche Aufregung abgeklungen war, hatte Lily sich eingefügt, und Pony und Reiter bildeten eine perfekte Einheit. Will hatte Jasper eingeholt, und die beiden Brüder ritten weit vorne – Santa und das eisengraue Pony, das Jasper ritt, befanden sich ebenfalls völlig im Einklang miteinander. Als Georgia sich umsah, bemerkte sie, dass sie auch Sophie verloren hatte. Sophie war mit Wilson und einer alten Freundin aus dem Ponyclub zurückgeblieben. Die beiden unterhielten sich fröhlich und trabten in angenehmer Geschwindigkeit nebeneinanderher. Im Augenblick ritt nur Joss neben Georgia, und Georgia schrie verärgert auf, als Lily und sie beinahe von ihr über den Haufen geritten worden wären, und Joss darum kämpfen musste, Topper unter Kontrolle zu halten.

Nach der ersten Stunde voller Galopp und vielen Sprüngen hatte sich das Feld der Reiter in die Länge gezogen und sich inzwischen in kleine Gruppen von Reitern aufgeteilt. Jasper, der bemerkte, dass sich Schneewolken zusammenzogen, verkündete, dass sie für heute Schluss machen würden, sobald sie den Wald hinter dem Tal erreicht hatten. Die Fuchsjagd war erfolgreich gewesen – alle hatten den herrlichen Ausritt genossen, aber Jasper wollte vermeiden, dass die Mitglieder des Ponyclubs im Schnee zurückreiten mussten.

Als Topper mit Lily gleichzog, bemerkte Georgia, dass er – im Gegensatz zu den anderen Ponys, die sich zufrieden ausruhten – noch nicht genug zu haben schien und noch weniger gehorchte als bisher. Er war offensichtlich unzufrieden, und Joss hielt immer noch krampfhaft die Zügel fest, als hinge ihr Leben davon ab. Georgia öffnete ihren Mund und wollte Joss sagen, sie solle sich mehr entspannen und nach hinten einsitzen, doch bevor sie es noch aussprechen konnte, bäumte sich Topper plötzlich auf seinen kräftigen Hinterbeinen auf, drehte blitzschnell um und riss Joss dabei die Zügel aus den Händen. Er lief durchs Tal zurück, seine Beine trommelten auf den Boden, während seine Schritte immer größer wurden und die Entfernung zwischen ihm und den restlichen Reitern immer mehr zunahm. Entsetzt bemerkte Georgia, dass sie so weit hinten in der Gruppe gestanden hatte, dass niemand sonst bemerkt hatte, wie Topper durchgegangen war.

Für den Bruchteil einer Sekunde war sie hin- und hergerissen. Joss hatte ihr Daniel weggenommen. Trotzdem konnte Georgia sie nicht einfach ihren Schwierigkeiten überlassen oder riskieren, dass ihr Pony oder sie sich verletzten. Also wendete Georgia ihre Lily und trieb sie zu einem schnellen Galopp an, um Topper zu folgen. Sie nahm an, dass Topper sich nicht allzu lange von der Gruppe entfernen und bald anhalten würde. Sie konnte dann mit Joss zurück zu Jasper reiten und ihn bitten, die beiden nach Hause zu begleiten.

Doch als sie immer weiter und weiter ritten, wurde ihr klar, dass Topper etwas anderes im Kopf hatte und nicht stehen bleiben wollte. Sie hatten jetzt das große Feld erreicht, den Ort Redgrove unter ihnen, und beide Ponys hatten den Rest des Ponyclubs weit hinter sich gelassen. Georgia konnte trotz des rauschenden Windes hören, wie Joss schrie, und es wurde offensichtlich, dass das Mädchen echte Angst hatte. Das große, kräftige Pony hatte eindeutig nicht die Absicht anzuhalten. Georgia trieb Lily zu höherer Geschwindigkeit an, bis sie nur noch etwa vierzig Meter hinter Joss war. Dann stieg sie in die Steigbügel und beugte sich nach vorn, um Joss zuzurufen, sie solle wieder einen Zügel fassen, um Topper damit in eine Volte zu lenken. Georgia wusste, dass Topper dabei automatisch langsamer werden musste.

Doch Joss war im Sattel wie erstarrt, sie klammerte sich kreidebleich fest. Nach einem letzten Spurt zog Lily schließlich mit dem großen Waliser gleich, und Georgia nahm beide Zügel in eine Hand und bedeutete Joss, was sie von ihr wollte. Da Topper jetzt die kleine Stute neben sich hatte und langsam auch müde wurde, begann er Lilys Führung zuzulassen. Zu Georgias Erleichterung verlangsamte sich sein Galopp, bis er schließlich in einen Trab überging. Er setzte zu einem großen Zirkel an, und endlich konnte Joss nun auch wieder die Zügel fassen. Sein Trab ging in Schritt über, und schließlich blieben beide Ponys schnaubend und zitternd stehen. Topper war schweißnass, seine Nüstern waren aufgebläht, die weit aufgerissenen Augen zeigten das Weiße. Kein Zweifel, er war auf jeden Fall viel zu ungestüm für Joss!

Kapitel siebzehn

»D…danke, Georgia, ach danke, danke …« All die Selbstzufriedenheit war inzwischen aus Joss' Stimme verschwunden.

»Schon okay«, erwiderte Georgia kurz. Sie war sauer auf Joss, weil sie beide Ponys in Gefahr gebracht hatte. Wie leicht hätte Lily bei diesem hohen Tempo stolpern und stürzen können. Aber als Georgia sah, wie verängstigt Joss war, überdachte sie ihren Entschluss, Joss gehörig die Meinung zu sagen. Es gab nichts, was einem mehr Angst machen konnte, als ein durchgehendes Reittier. Im Stillen dankte Georgia jetzt Melanie, die darauf gedrungen hatte, dass alle drei Reiter auf Redgrove für den Notfall stets einen Führstrick an ihrem Sattelknauf hatten. Jetzt löste sie ihn, beugte sich vor und befestigte den Haken an Toppers Reithalfter.

»Was machst du denn?«, fragte Joss nervös.

»Ich will sichergehen, dass er nicht wieder durchgeht«, sagte Georgia grimmig. »Komm schon, bringen wir euch beide nach Hause.«

Es hatte keinen Sinn zu versuchen, die restliche Reitergruppe des Ponyclubs einzuholen. Georgia wusste, wenn sie dem Waldrand Richtung Redgrove folgten, kämen sie hinaus auf den kleinen Feldweg, der hinunter zu Daniels Farm führte. Von dort war es nur etwa eine Meile nach Seven Birches, aber sie mussten sich beeilen. Es hatte angefangen zu schneien, kleine Flocken fielen herab, als Georgia und Lily den abgekämpften Topper nach Hause führten. Als sie den Waldrand und den Feldweg erreichten, schneite es bereits stärker. Große, schwere Flocken setzten sich in die Mähnen der Ponys und überzogen schnell das ganze Land mit einer weißen Decke. Die Umgebung war eigenartig still, als die Ponys den Weg entlangtrotteten, genauso still wie die Reiterinnen. Georgia fiel niemand ein, mit dem sie noch weniger reden wollte als mit Joss, und so konzentrierte sie sich auf ihre Aufgabe, sowohl die Ponys als auch die Reiterinnen sicher nach Hause zu bringen. Als sie wieder ein einigermaßen stabiles Netz hatte, rief sie Melanie an, die vorschlug, dass sie auf Daniels Farm warten sollten, bis sie von dort abgeholt wurden.

Mit schlechtem Gewissen blickte Georgia auf die verpassten Anrufe von Sophie. Wegen des ganzen Dramas mit dem durchgehenden Topper hatte sie ganz vergessen, ihre Freundin wissen zu lassen, dass sie getrennt von ihr zurückkehrte.

Georgia war noch nie so dankbar gewesen, in den

kleinen Weg einzubiegen, der hinab zu Daniels Farm führte. Der Schnee fiel immer dichter, und sie konnte kaum mehr ihre Hände sehen, die die Zügel hielten. Joss hatte bereits einen Pferdepfleger auf Seven Birches angerufen, der jetzt auf dem Weg war, um Topper und Joss zurück in die Wärme und Sicherheit des Stalles zu bringen. Georgia hatte nicht so viel Glück. Sie hörte ihr Handy klingeln und schälte sich den Handschuh ab, ihre Zähne klapperten vor Kälte, als sie ranging.

»Georgia, es tut mir so leid.« Melanie klang völlig aufgelöst. »Der Transporter springt einfach nicht an. Es muss an der Kälte liegen, und Simon kann den Anhänger nicht von der Einfahrt fahren, ohne sofort ins Rutschen zu kommen. Es tut mir wirklich leid, wir können dich im Moment noch nicht abholen.« Sie machte eine Pause. »Bitte versuch nicht, in diesem Schneegestöber nach Hause zu reiten.«

»Keine Sorge.« Georgia tat ihr Bestes, um Melanie zu beruhigen. »Bestimmt kann ich Lily hier in den Stall stellen, und Mr Coleman ist sicher auch da.« Doch ihre Zuversicht sank, als Melanie weitersprach. Sie hatte Daniels Vater bereits auf seinem Handy angerufen und erfahren, dass er und Daniels älterer Bruder noch im Dorf unterwegs waren, um mit ihrem Traktor Schnee zu räumen.

Daniel half immer noch beim Aufräumen nach der

Jagd und würde sich ein wenig später zu Hause absetzen lassen. Georgia musste also alleine warten, bis jemand zurückkam. Sie beugte sich jetzt nach vorn und löste Topper vom Führstrick, danach lenkte sie die müden Ponys in den Hof, und beide Reiterinnen atmeten erleichtert auf.

Auf der Farm war es sehr still. Abgesehen vom merkwürdig leisen Muhen, das aus der Winterscheune der Kühe kam, herrschte eine eigenartige Ruhe. Georgia brauchte einen Moment, bis ihr klarwurde, dass es zu still war. Normalerweise wäre Hattie schon längst herbeigesprungen, oder sie hätten Daniels Schafe hören müssen. Georgia lauschte angestrengt und hörte das schwache Jaulen von Daniels Collie. Mit einem Stirnrunzeln sah sie sich um. Wo steckte Hattie bloß? Das Jaulen wurde lauter, gefolgt von einem scharfen, fast schrillen Bellen. Hattie war anscheinend irgendwo eingeschlossen.

Georgia stieg schnellstens ab, zog die Steigbügel hoch und machte sie fest, dabei wies sie Joss an zu bleiben, wo sie war. Hattie war wahrscheinlich in der Eile versehentlich in einem der Gebäude eingeschlossen worden. Das passierte nicht zum ersten Mal – Hattie liebte es, in der Scheune oder im Stall auf Mäusefang zu gehen, und Daniel machte oft Witze darüber, dass sie nur das hörte, was sie hören wollte.

Es fiel immer noch Schnee, aber nicht mehr so stark

wie vorhin – lediglich vereinzelte kleine Flocken schwebten inzwischen auf die Erde herab. Die kurze Dauer des Schneefalls hatte jedoch genügt, um den Hof mit einem dicken Schneeteppich zu versehen, durch den Georgia nun in ihren Reitstiefeln stapfte. Das Jaulen wurde jetzt lauter, und Georgia erkannte, dass es aus dem kleinen Stall kam, in dem Secret auf die Welt gekommen war. Unwillkürlich musste Georgia lächeln, als sie sich vorstellte, wie Hattie sich hineingeschlichen hatte, um im Stroh ein Nickerchen zu machen. Doch ihr Lächeln schwand sofort, als sie sah, dass die Tür von außen mit einer vor beide Türhälften geklemmten Eisenstange verriegelt worden war. Als sie Hatties Jaulen und Winseln vernahm, da diese umgekehrt Georgia näherkommen hörte, spürte sie, wie ihr eine Gänsehaut über den Rücken lief. Ihr wurde bewusst, dass Hattie absichtlich im Stall eingesperrt worden war.

Georgia zog die Eisenstange weg, öffnete die Stalltür und befreite eine aufgekratzte, freudige Hattie, die lebhaft um Lilys Beine strich. Das Palomino schien fast amüsiert nach unten auf die Hündin zu blicken. Georgia überlegte blitzschnell und lief dann mit Lily ein paar Schritte um den Stall herum. Ihr wurde ganz flau im Magen, als ihr Verdacht bestätigt wurde: Das Tor zum Schafstall war weit geöffnet, und nach dem zertretenen Schnee davor und rechts daneben zu urteilen, konnte es noch nicht sehr lange her sein, dass die

Schafe den Stall verlassen hatten. Georgia meinte, Daniels entsetztes Gesicht förmlich vor sich zu sehen, wenn er nach Hause käme und feststellen müsste, dass seine geliebte Herde fort war. Schnell führte sie Lily wieder zurück in den Farmhof, wo Joss nun neben dem Pferdepfleger von Seven Birches stand, der Topper eine Decke überwarf und dann verlud.

»Joss ...«, sagte Georgia atemlos. »Bitte bleib hier und hilf mir. Ich glaube, jemand hat Daniels Schafe gestohlen.«

Joss sah nur mäßig interessiert aus, während sie weiter eine Nachricht auf ihrem Smartphone las. »Was kann ich denn da machen?«, erwiderte sie mit einer gewissen Ungeduld. »Hör mal, Georgia, ich bin total erschöpft und erfriere hier fast. Ich möchte wirklich nur noch nach Hause und ein heißes Bad nehmen!«

Georgia konnte es kaum fassen! Joss lag offensichtlich überhaupt nichts an Daniel. Sie starrte die hübsche Schauspielerin aus funkelnden Augen an und wusste gar nicht, wie sie darauf antworten sollte.

»Tut mir leid, Georgia«, fuhr Joss dann fort und warf ihr Haar über die Schultern, während sie bereits in die warme Fahrerkabine stieg. »Ich muss los. Auf mich wartet noch eine Party.«

Und ohne ein weiteres Wort schloss sie die Autotür hinter sich, und der Pferdetransporter fuhr aus der Einfahrt und weiter hinaus auf die Straße. Georgia und

Lily blieben allein auf dem Hof zurück und sahen nur noch die Rücklichter des immer kleiner werdenden Fahrzeugs.

Kapitel achtzehn

Doch es blieb keine Zeit für Selbstmitleid. Nachdem Georgia es bei Daniel auf dem Handy versucht hatte, aber sofort die Mailbox ranging, stieg sie wieder in den Sattel und ritt um die Scheune, während sie ihre Möglichkeiten durchdachte. Der Schnee war weich und pulvrig. Die Schafe konnten noch nicht weit sein, denn die Spuren im Schnee waren noch frisch.

»Komm, Lily.«

Das kleine Palomino schien zu spüren, was Georgia wollte, und mit einem Schnauben machte es sich auf die Spur der Schafe, gelenkt von Georgia, die im abnehmenden Licht des Nachmittags die Augen zusammenkniff und versuchte, irgendwelche Bewegungen auszumachen. Sie war oft genug auf den Feldern hinter der Farm geritten, um zu wissen, dass die Schafe in Richtung des kleinen Feldweges liefen, der zwischen der Farm und dem Ort Redgrove verlief. Sie erinnerte sich an Daniels Befürchtungen, dass seine Schafe gestohlen werden könnten, und schüttelte unwillkürlich den Kopf. Das war doch nicht etwa wirklich passiert, oder doch? Sie hörte ein Bellen neben sich und blickte nach unten, da bemerkte sie Hattie, die neben Lily lief und mit wedelnder Rute zu ihr aufblickte. Georgia verspürte eine Welle der Dankbarkeit für die kleine Hündin. »Kommt, Mädels«, sagte sie entschlossen, während sie Lily zu einem Trab antrieb. »Holen wir die Schafe wieder zurück!«

Als das Trio die Farmgebäude umrundet hatte und sich der Stelle näherte, wo die Felder von Daniels Familie aufhörten, schnappte Georgia beim Anblick eines silbernen Viehtransporters, der halb verborgen auf dem Weg stand, aufgeregt nach Luft. Das Gatter, das auf den Weg hinausführte, war weit geöffnet, und – noch schlimmer – die Schafe liefen geradewegs darauf zu, angetrieben von einem braunweißen Collie, der unentwegt um sie herumsprang und aufgeregt bellte. Georgia stieß einen unterdrückten Schrei des Entsetzens aus, als sie bemerkte, dass Daniels Lieblingsschaf am Ende der Herde böse hinkte, die beiden winzigen Lämmer liefen ängstlich an der Seite ihrer Mutter. Das Schaf sah völlig verschreckt aus, und Georgia spürte, wie Wut in ihr aufstieg.

Schnell schätzte sie die Entfernung bis zum Tor ab und galoppierte los, um der Herde den Weg abzuschneiden, bevor die Tiere durch das Gatter hinaus auf den Weg liefen. Der Schnee war tief, aber Lily pflügte sich hindurch und schickte den Pulverschnee in kleinen Wölkchen in die Luft. Vor dem Gatter kam sie leicht rutschend zum Stehen. Georgia hatte keine Ahnung, wie sie einen Hütehund dazu bringen sollte, seine Arbeit zu tun, aber sie schwang ihre Reitgerte in Richtung des fremden braunen Collies und drängte ihn so zurück. Für einen kurzen Moment war sie sich der beiden dunklen Gestalten bewusst, die über die Straße rannten, und erhaschte einen Blick auf einen mürrisch aussehenden Mann, den gleichen Mann, der Georgia kürzlich nach dem Weg gefragt hatte. Einen schrecklichen Moment lang fühlte Georgia sich ganz allein und hatte Angst. Doch die beiden Männer pfiffen ihren Hund zu sich und rannten dann zu dem Viehtransporter. Dabei zogen sie sich ihre Kapuzen tief ins Gesicht. Es war keine Zeit, sich weiter über sie Gedanken zu machen – für Georgia war das Wichtigste, die verängstigten Schafe nach Hause zu bekommen.

Sie schloss schwungvoll das Gatter und atmete tief ein, die eiskalte Luft brannte in ihrer Kehle. Die Schafe, die nun auseinanderliefen, blinzelten und sahen zu ihr, als ob sie sie erkannten, rannten jedoch immer noch erschrocken weg, als Georgia sich ihnen näherte. Sie konnten jetzt zwar nicht mehr hinaus auf den Weg, doch Georgia wusste, dass sie die Lämmer zurück in ihren warmen Stall bringen musste. Dann schrie sie erschrocken auf, als sie das Muttertier bemerkte, Daniels

Lieblingstier. Es war gestolpert und lag jetzt schwer atmend auf der Seite, daneben blökten seine Lämmer jämmerlich. Georgia stieg schnell ab und rannte zu dem treuen Schaf, das inzwischen mit geschlossenen Augen nach Luft schnappte, und kniete sich daneben. Es gab nichts, was Georgia tun konnte, und Tränen stiegen in ihre Augen, als sie sanft den Kopf des Schafes in ihrem Schoß hielt und sich erinnerte, wie gern Dan es gehabt hatte, und wie es ihm mit einem glücklichen Blöken überallhin gefolgt war. Der Atem des Schafes wurde gleichmäßiger, und es blickte Georgia ganz ruhig an. Mit einem letzten schaudernden Atemzug entspannte sich sein Körper, und die dunklen Augen wurden starr und glasig.

Weinend legte Georgia den Kopf des Schafes sanft im Schnee ab und schlang ihre Arme um Hattie, die schweigend neben ihr gesessen hatte. Lily, die anscheinend spürte, dass das Schaf gestorben war, ließ den Kopf hängen und schnaubte leise. Plötzlich schreckte das ängstliche Blöken der Lämmer Georgia auf. Sie streichelte das Mutterschaf ein letztes Mal, dann stand sie auf. Sie musste die restliche Herde sicher zurückbringen, und zwar schnell.

»Es tut mir leid«, flüsterte sie dem Schaf zu.

Es war furchtbar, es dort im Schnee liegen lassen zu müssen, aber Georgia hatte keine Wahl. Sie konnte es nicht tragen. Die Lämmer stupsten mit ihren Nasen gegen den immer noch warmen Körper ihrer Mutter. Georgia hob beide hoch, ihre kleinen Körper waren kalt und ihre langen Beine zuckten, da schob sie sie unter ihren offenen Mantel, um sie zu wärmen. Sie waren eiskalt und brauchten dringend Wärme und Milch. Plötzlich hatte Georgia einen Geistesblitz. Sie erinnerte sich daran, in einem ihrer Ponybücher gelesen zu haben, dass die heimischen Ponys wie Highlands und Fells früher dazu eingesetzt worden waren, Wild und Schafe aus dem Moor zu holen – bevor sie dann Reit- und Turnierponys wurden. Vielleicht konnte Georgias ganz besonderes Waliser Pony das auch! Ausgesprochen vorsichtig legte sie die beiden Lämmer über Lilys Widerrist, direkt vor dem Sattel und schwang sich dann genauso vorsichtig selbst in den Sattel, so dass sie die Lämmer mit den Händen halten und Lily nur mit Hilfe ihrer Beine lenken konnte.

Trotz der traurigen Situation musste Georgia dann doch lächeln, als Lily mit den Ohren zuckte und sich nach ihren zusätzlichen Passagieren umsah. In der einen Woche war sie ein Turnierpferd, das den ersten Preis holte, und in der nächsten ein Hirten-Pony! Das kleine Palomino schien nichts gegen die Lämmer einzuwenden zu haben. Jetzt musste Georgia sich nur noch um die restliche Herde kümmern, doch irgendwie hatten die Tiere sich wohl von Lilys Ruhe beeinflussen lassen und sich hinter ihr versammelt. Hattie, die automatisch ihre gewohnte Aufgabe verrichtete, sie hatte ja auch sonst immer mit Daniel die Schafe zurück in den Stall getrieben, folgte ihnen am Schluss mit blitzenden Augen und sorgte dafür, dass die Herde auch jetzt zusammenblieb.

»Also gut«, sagte Georgia laut und fragte sich, wie verrückt das Ganze wohl aussehen musste. »Auf geht's, nach Hause!«

Zurück auf der Farm, standen Mr Coleman und Ben inzwischen im Hof, und Ben wählte eben panisch die Nummer der örtlichen Polizeistation. Plötzlich legte Mr Coleman eine Hand auf seinen Arm und zeigte zum Feld. Beide rieben sich die Augen und fragten sich, ob sie sich das wohl einbildeten: Eine zierliche Gestalt kam im Sattel des berühmtesten Waliser Ponys im ganzen Land auf sie zu. Sie beugte sich über zwei winzige Lämmer, und hinter ihnen trotteten dreißig folgsam heimkehrende Schafe, angetrieben von dem vermissten Hütehund!

»Was zum …« Mr Coleman, der normalerweise immer so betriebsam und fröhlich war, fehlten die Worte, und auch Ben starrte nur verblüfft auf die lustig aussehende Truppe.

»Georgia?«, sagte er, und in seiner Stimme klangen Hunderte Fragen mit.

»Später«, rief Georgia drängend. »Ich kenne mich ja mit Schafen nicht so aus, aber ich glaube, die beiden hier brauchen schnellstens Hilfe.« Sie deutete auf die schwachen Lämmer, die ruhig vor dem Sattel lagen.

Mr Coleman nickte. »Ben«, wies er seinen älteren Sohn an. »Hol die Rotlichtlampen, dazu Decken, und mach ein paar Flaschen fertig.«

Ben eilte ins Haus, während Mr Coleman vorsichtig die schwachen Lämmer vom Pony hob und im Arm hielt. »Wo ist die Mutter?«, fragte er Georgia. »Wir müssen sie wieder zusammenbringen.«

Georgia schüttelte traurig den Kopf. »Es tut mir leid«, flüsterte sie und ließ den Kopf hängen. Mr Coleman verstand sofort.

»Ich gehe los und hole sie«, sagte er leise. Sein ganzes Leben lang war Mr Coleman Farmer gewesen und konnte einiges wegstecken, wenn es sein musste, doch er liebte seine Tiere über alles.

Als der Rest der Herde sicher wieder im Stall war und Lily im alten Ziegenstall untergebracht, befestigte Ben die Rotlichtlampen im kleineren Stall neben ihr. Lily schob ihren Kopf über die niedrige Steinmauer und sah interessiert zu, als Ben sich daranmachte, die Lämmer mit einer Decke abzureiben, um sie aufzuwärmen. Mr Coleman hatte eine alte Stalldecke geholt. Sie roch zwar ein wenig muffig, aber Georgia war einfach nur dankbar, dass Lily nach ihrem Rettungsritt im Schnee gewärmt wurde. Die kleine Stute hatte wieder einmal gezeigt, wie tapfer und willig sie war, selbst nach einem langen Tag mit einer Jagd. Georgia legte ihre Arme um Lilys Hals und betete insgeheim, dass die beiden verwaisten Lämmer überlebten.

»Dad? Ben?« Ein Quad fuhr laut ratternd in den Hof, und Daniel sprang herunter und rannte in den Stall. Dabei bemerkte er zuerst Lily und Georgia, und dann, dass Ben neben den beiden Lämmern kauerte.

Ben legte einen Finger auf seine Lippen. »Es geht ihnen gut, Dan«, sagte er beruhigend, und da trat auch schon Mr Coleman mit zwei Flaschen warmer Milch zu ihnen. »Aber das haben wir nur diesem tapferen Mädchen zu verdanken«, fügte er hinzu und zwinkerte Georgia zu, die prompt errötete.

»Wa…, was?« Daniel schüttelte verblüfft den Kopf. »Ich verstehe das alles nicht.«

»Setz dich«, forderte Ben ihn auf und reichte ihm eine der Flaschen. »Georgia wird uns alles erzählen, aber zuerst müssen wir die beiden hier füttern.«

Kapitel neunzehn

Als Georgia ihre Geschichte erzählte, hörte Daniel schweigend zu und wiegte das Kleinere der Lämmer in seinen Armen, wo es eifrig an der Milchflasche saugte. Georgia berichtete von dem Moment, als sie Scheune und Schafstall offen und leer vorgefunden und dann die arme eingesperrte Hattie entdeckt hatte. Vom Tod des Mutterschafs hatte sie Daniel gleich als Erstes erzählt. Die Worte kamen ihr nicht glatt über die Lippen, und sie sprach mit belegter Stimme, als sie beschrieb, wie das zahme Schaf zu Boden gestürzt war. Daniel senkte den Kopf über dem Lamm in seinen Armen. Er sagte nichts, doch Georgia konnte hören, wie er die Nase hochzog.

Er tat ihr so leid, und sie legte tröstend eine Hand auf seine Schulter. Schließlich, nach einem langen Moment, hob Daniel den Kopf, wischte sich über die Augen und lächelte fast wehmütig. »Als Farmer sollte ich wohl härter im Nehmen sein«, meinte er mit rauer Stimme. »Aber sie war nun mal mein Liebling.«

Er wurde von seinem Vater unterbrochen, der mit den Armen auf die Stalltür gelegt dastand. »Ich habe das alte Mädchen gerade abgeholt«, erklärte er leise. »Das arme Ding. Ich glaube, sie ist an dem Schock gestorben.« Dann drehte er sich zu Georgia und fragte, ob sie die Männer und das Fahrzeug gesehen hatte. Georgia nickte und wollte Mr Coleman gerade beschreiben, was sie beobachtet hatte, da polterte Daniel los.

»Das hast du mir gar nicht erzählt!«, sagte er und klang richtig aufgebracht. »Georgia, du hättest sie nicht allein verfolgen dürfen! Du hast dich damit in große Gefahr gebracht!«

Georgia senkte den Kopf und stieß mit ihren Stiefeln gegen das Stroh. »Ich weiß«, antwortete sie undeutlich, »aber ich wollte dir einfach die Schafe zurückholen.« Als sie langsam den Kopf hob, sah sie, dass Daniel sie liebevoll ansah.

»Schon okay«, sagte er, diesmal sanft. »Ich weiß nicht, ob du verrückt bist oder tapfer, aber … vielen Dank, jedenfalls!«

»Es war hauptsächlich Lilys Verdienst.« Georgia legte die Arme um den Hals des Palominos. »Und auch Hatties.«

Mr Coleman lächelte schwach. »Dieses Wunderpony«, sagte er, »hat wieder mal die Lage gerettet.«

Die Lämmer standen jetzt wieder auf den Beinen und wirkten bereits kräftiger. Ihr Fell war durch das Rotlicht gewärmt, und sie hatten kräftig Milch getrunken. Lily blickte auf sie hinab. Sie war eine mütterliche Stute, und Georgia fragte sich, ob sie sich wohl daran erinnerte, dass sie genau in diesem Stall Secret zur Welt gebracht hatte. Zufrieden, dass die Schafe im Stall untergebracht waren und es den verwaisten Lämmern gutging, kehrten Ben und Mr Coleman wieder ins Haus zurück. Daniel und Georgia blieben nebeneinander im Stroh sitzen.

»Georgia, ich …«, begann Daniel gerade, als Georgia umgekehrt Daniels Namen aussprach. Sie lachten beide ein wenig verlegen.

»Du zuerst«, forderte ihn Georgia lächelnd auf, doch noch bevor Daniel fortfahren konnte, klingelte das Handy in seiner Hosentasche und ließ ihn zusammenzucken.

»Hallo?«, meldete er sich und hielt das Handy ans Ohr. »Oh … hallo, Joss …«

Georgia ließ sich zurück ins Stroh sinken, während Daniel telefonierte. Er runzelte die Stirn. »Hm, ja, es geht ihnen gut, aber das ist ja wohl nicht dein Verdienst«, sagte er, bevor er fortfuhr: »Nein, ich glaube nicht.« Es gab eine kurze Pause, in der er nur zuhörte, dann beendete er das Telefonat mit einem knappen »Ciao.«

Daniel sah Georgia geradewegs an. »Du hast mir nicht erzählt, dass Joss weggefahren ist und dich mit dem Einbruch ganz allein gelassen hat«, sagte er streng.

»Na ja …« Georgia wusste nicht so recht, was sie antworten sollte. »Sie hat gesagt, sie müsste noch auf eine Party … und sie war ziemlich müde …« Sie brach ab, als Daniel sie anblickte. »Aber egal«, murmelte sie. »Du solltest vermutlich nach ihr sehen, ob es ihr gutgeht und so, wo sie doch deine Freundin ist.«

»Meine Freundin?« Verblüfft schwieg Daniel, dann musste er lachen. »Wie um Himmels willen kommst du denn darauf?«, fragte er erstaunt.

»Ach komm schon, Dan«, antwortete Georgia gereizt. »Es ist doch wohl nicht zu übersehen!« Und noch bevor sie es sich anders überlegen konnte, erzählte sie ihm, dass sie von Joss wisse, dass er in Georgia nur eine Schwester sah. Und dann war da ja auch noch die ganze Zeit, die Daniel und Joss beim Turnier in London zusammen verbracht hatten.

Daniel schüttelte den Kopf und lachte nun nicht mehr. »Das hat sie gesagt? Wie eine Schwester?« Er klang verärgert, und Georgia nickte verlegen.

»Georgia!«, fuhr Daniel fort. »Joss hat mir erzählt, dass du hoffst, bei der Party vom Ponyclub mit Will zusammenzukommen!«

Einen Moment fehlten ihnen beiden die Worte, so als müssten sie erst mal verdauen, was man sie hatte glauben machen wollen.

Georgia durchbrach die Stille zuerst. »Aber du hast sie gemocht! Das war nicht gespielt.« Nun sah Daniel verlegen aus.

»Ich gebe zu, dass es mir am Anfang geschmeichelt hat, und ich habe mich sehr darüber gefreut, im Film mitzuspielen«, murmelte er. »Ich dachte, sie sei einfach nur nett, aber dann fing es an, nervig zu werden. Sie ist nicht wie du, Georgia.«

»Und das eine Mal, als sie hier war?«, fragte Georgia weiter und versuchte, den letzten Teil von Daniels Antwort zu ignorieren. »Auf der Farm?«

»Ich schwöre«, sagte Daniel ernst, »sie ist einfach aufgetaucht und hat sich selbst in den Laden eingeladen. Ben war auch da. Er fand, dass sie sehr unhöflich war. Und du hast dich mir gegenüber so abweisend verhalten …«

Auf einmal fing Daniel zu lachen an, und, so sauer Georgia auch auf Joss war, konnte sie nicht anders, als mitzulachen. Das Ganze war ihr peinlich, aber trotzdem war sie erleichtert. Daniel war gar nicht mit Joss zusammen, und er mochte Georgia immer noch … vielleicht!

»Aber sie ist so hübsch und schick, und mit ihr kann man so viele tolle Sachen unternehmen«, sagte Georgia fast kläglich und zupfte an einem Strohhalm.

Daniel lachte, aber seine Stimme klang liebevoll. »Vielleicht«, gab er ernst zu. »Aber ich kenne niemanden sonst, der das getan hätte, was du heute Abend gemacht hast, Georgia«, sagte er und zog sie an sich.

Georgia musste den Kopf verdrehen, um Daniel anzusehen, und konnte auch dann nur Zuneigung auf Daniels Gesicht erkennen.

»Hinter meinen Schafen herzureiten, wie du es gemacht hast, und die Lämmer zurückzubringen ... Das war verrückt, aber tapfer und eben einfach unglaublich. *Du* bist tapfer und unglaublich!« Er streckte die Hand aus und tätschelte Lilys Nase. Die kleine Stute döste mit dem Kopf über der Trennmauer vor sich hin. »Du und Lily!«, meinte Daniel lächelnd. »Was würde ich nur ohne euch tun?«

Georgia wurde rot und konnte bei Daniels Worten nur lächeln. Ihr fiel darauf keine Antwort ein, aber glücklicherweise wurde jede mögliche Verlegenheit vertrieben, als das kleinere der beiden Lämmer blökte und versuchte, sich auf seine langen Beine hochzustemmen. »Ich glaube, sie haben es gut überstanden«, stellte Daniel glücklich fest. »Ich kann dir gar nicht genug danken.«

Daniel und Georgia lächelten sich an, unausgesprochenes Verstehen lag zwischen ihnen in der Luft. Die Lämmer schienen von Lilys Gegenwart beruhigt, denn sie staksten unter ihrer Nase herum, und Lily wieherte ab und zu leise. Sie konnte zwar nicht mit ihnen im gleichen Stall sein, aber die Abtrennung zwischen ihren

Ställen war niedrig genug, dass sie ab und zu ihren Kopf darüberstrecken und ihren sanften warmen Ponyatem über die beiden winzigen Körper blasen konnte.

In diesem Moment war das gedämpfte Geräusch von Reifen in der Hofeinfahrt zu hören, und als Georgia hinausspähte, sah sie Melanie in ihrem Geländewagen ankommen. Sie entdeckte Emma und Will, und als das Auto anhielt, stieg auch Sophie aus. Melanie hatte die Arme voller Pferdedecken, und zu Georgias Erleichterung hatte sie auch eine warme Fleecejacke und eine Wollmütze dabei.

»Georgia, es tut mir so leid.« Melanie öffnete die Stalltür. »Aber es war einfach unmöglich, den Transporter oder den Anhänger vom Hof zu bekommen.«

Melanie erklärte, dass sie bereits mit Mr Coleman gesprochen hatte und dieser einverstanden war, dass Lily über Nacht blieb. So konnte Georgia am nächsten Morgen bei Tageslicht über die Felder zurückreiten.

»Ein Ausritt am Weihnachtstag.« Georgia lächelte. »Perfekt.«

Die Neuigkeiten von dem versuchten Diebstahl hatten sich schnell verbreitet. Dank Georgias Beschreibung hatte die Polizei einen verdächtig aussehenden Viehtransporter angehalten, der Redgrove auf genau den Straßen verlassen wollte, die Daniels Vater und Ben freigeräumt hatten. Die beiden Männer waren bereits festgenommen worden. Georgia freute sich zu hören, dass sie hatte helfen können, aber sie hoffte, dem kleinen fremden Collie ging es gut. Schließlich war es nicht seine Schuld, dass er irgendwelchen Kriminellen gehörte.

Die Party des Ponyclubs im Herrenhaus, die im Anschluss an die Jagd hatte stattfinden sollen, war wegen des plötzlichen starken Schneefalls abgesagt worden, doch da alle dennoch in Feierlaune waren, lud Mr Coleman die Anwesenden in seine gemütliche Küche ein, um auf Weihnachten anzustoßen. Selbst Mrs Black hatte dazukommen können, weil sie von einem fröhlichen Ben im alten Landrover der Farm hergeholt worden war.

Da ihre Mutter zuhörte, beschloss Georgia, bei der Schilderung ihres Abenteuers in Bezug auf die Rettung der Schafherde ein paar Kleinigkeiten zu überspringen. Sie wollte nicht, dass sie sich Sorgen machte. Wenn sie es sich recht überlegte, musste sie ja selbst zugeben, dass es doch ziemlich waghalsig gewesen war, ganz allein die Verfolgung der Schafdiebe aufzunehmen. Aber sie hatte es der Tiere und Daniels wegen getan. Ob sie nun lediglich Freunde waren oder etwas mehr – Georgia würde ihm immer helfen, wenn er sie brauchte. Wie sie so während der spontanen Weihnachtsfeier an die Schafe dachte, beschloss sie, noch einmal nach den Lämmern und nach Lily zu sehen.

Sie zog Sophies Mütze über ihre Ohren und trat hinaus in die eiskalte Nacht. Der Schnee unter ihren Füßen knirschte, aber der Himmel war von Tausenden Sternen erleuchtet, und da der Mond so hell schien, brauchte man im Hof nicht einmal eine Taschenlampe. Georgia machte das Licht im Stall an und kauerte sich neben Lily, die auf dem Strohbett lag. Die Lämmer, die aneinandergeschmiegt unter der Wärmelampe schliefen, zuckten leicht mit geschlossenen Augen. Im Stall war es völlig ruhig.

Beim Einschalten des Lichts blinzelte Lily, blieb jedoch liegen, als Georgia sich neben sie setzte und die Arme um ihren Hals legte. Es hatte etwas Magisches, am Weihnachtsabend bei ihrem geliebten Pony in einem Stall zu sitzen.

Lily wieherte leise und hob den Kopf, als plötzlich Daniel fast geräuschlos eintrat und sich neben Georgia im Stroh niederließ. Sie saßen eine Weile in aller Stille da, und Lily schloss wohlig die Augen und legte ihren Kopf in Georgias Schoß. Aus der Ferne waren die Klänge der Weihnachtsgesänge aus der Dorfkirche zu hören, die durch die kalte Nachtluft getragen wurden.

»Was für ein Monat!«, meinte Daniel lächelnd und durchbrach damit das Schweigen. »Oder nein, warte, besser gesagt: was für ein Jahr!«

»Stimmt«, pflichtete Georgia ihm bei und strich sanft durch den Schopf des Palominos. »Ich weiß nicht, wie Lily das noch toppen soll, was sie dieses Jahr alles erreicht hat.« Auf einmal war sie irgendwie verlegen.

Daniel grinste. »Na ja, da wird uns schon noch etwas einfallen«, meinte er lachend. »Und was immer du tust, du weißt, ich bin für euch beide da.« Daniel beugte sich vor und sein Mund berührte sanft Georgias Lippen, als er ihr den allerzärtlichsten, weichsten Kuss gab. »Fröhliche Weihnachten, Georgia Black.«

Georgia bekam eine regelrechte Gänsehaut. Das Leben konnte nicht perfekter sein als genau in diesem Moment!

Als das neue Jahr schon ein paar Tage alt war und die Schule bald wieder anfangen sollte, ging Georgia alles erneut durch den Kopf. Was hielt die Zukunft denn wohl wirklich für sie und Lily bereit? Sie dachte zurück an ihre Zeit auf Josephine Smalleys Gestüt und erinnerte sich daran, wie Josephine vorgeschlagen hatte, dass sie mit Lily vielleicht Dressurreiten versuchen sollte. Womöglich war das gar keine schlechte Idee. Es wäre ein völlig neues Gebiet, in dem Lily und sie sich beweisen konnten. Georgia dachte immer noch darüber nach, als sie nach einem kurzen Ausritt im hellen, aber immer noch kalten Sonnenschein nach Redgrove Farm zurückkehrte.

Als sie Lily vor ihrem Stall festmachte, sie abzäumte und ihr eine Pferdedecke überlegte, fiel ihr plötzlich ein glänzendes rosa Päckchen auf, das vor der Stalltür stand und an sie adressiert war. Neugierig öffnete sie es, und zu ihrer Überraschung fand sie eine ganz wunderbare gerahmte Nahaufnahme von Lily mit ihrem glitzernden Zaumzeug auf dem Filmset darin vor.

Als Georgia den Rahmen umdrehte, stellte sie fest, dass das ganze Filmteam darauf unterzeichnet hatte und sie zur Filmpremiere einlud. Außerdem fand sie eine Karte von Joss. Darauf stand:

Liebe Georgia,
vielen Dank noch einmal, dass Du mich gerettet hast, als Topper an Weihnachten durchgegangen ist. Er ist jetzt im Hyde Park untergebracht, und ich nehme regelmäßig Stunden, um die gleiche Beziehung zu ihm aufbauen zu können, die Du zu Lily hast. Ich weiß, das könnte eine Weile dauern!
Liebe Grüße, Joss
PS: Grüß Dan von mir. Er mag Dich übrigens wirklich.

Ein amüsiertes Lächeln breitete sich auf Georgias Gesicht aus. Sie vermutete, dass Joss schon in ein paar Wochen Daniel wieder vergessen haben könnte. Sie gehörte zu der Art von Mädchen, die daran gewöhnt waren, dass alles nach ihrem Kopf ging – sie hatte sich Lily ausgesucht und Topper gekauft. Aber Dan hatte sie nicht bekommen!

Mit einem Lachen umarmte Georgia ihre kleine Stute. Was für ein Weihnachten das gewesen war! Auf jeden Fall eines, das sie nie vergessen würde. Lily hatte bewiesen, dass sie ein wahrer Champion sein konnte, aber am wichtigsten war, jetzt, da die Filmszene abgedreht und das große Turnier in London vorbei war, verlief alles wieder in normalen Bahnen. Georgia hatte keine Ahnung, was das nächste Jahr für Lily und sie bereithielt, aber eines wusste sie: Mit dem Palomino-Pony an ihrer Seite, dessen goldfarbene Ohren fest in Richtung Zukunft aufgestellt waren, konnte sie alles erreichen!